OETINGER TASCHENBUCH

D1986465

Elin Bengtsson

Zwischen WINTER und HIMMEL

Aus dem Schwedischen von
Katrin Frey

Oetinger Taschenbuch

MIX
Papier aus verantwortungsvollen Quellen
FSC® C014496

Das für dieses Buch verwendete FSC®-zertifizierte
Papier Danube liefert Salzer Papier, St. Pölten, Austria.
Der FSC® ist eine nicht staatliche, gemeinnützige Organisation,
die sich für eine ökologische und sozialverantwortliche
Nutzung unserer Wälder einsetzt.

Deutsche Erstausgabe
1. Auflage 2014

Aus dem Schwedischen von Katrin Frey
Diese Übersetzung erscheint mit freundlicher Unterstützung von
The Swedish Arts Council, Stockholm
Umschlaggestaltung: Kathrin Schüler
Druck: GGP Media GmbH, Pößneck
ISBN 978-3-8415-0314-5

www.oetinger-taschenbuch.de

BEIM LETZTEN AKKORD schließt er die Augen. Seine Finger, die eben noch über die Saiten getanzt sind, verharren reglos in der Luft. Der Akkord füllt den ganzen Raum aus, Martin lässt die Augen zu, bis er verklungen ist. Dann legt er die Gitarre auf das Bett und lehnt sich an die schwarze Tapete.

Sein Bruder Andreas lehnt seinen Kopf in diesem Moment vielleicht an dieselbe Wand, allerdings von der anderen Seite. Dort ist die Tapete nicht schwarz, sondern blau. Nicht wie der Himmel oder das Meer, sondern normal blau.

Andreas wird bald sterben. Er weiß das seit Langem. Martins Gitarre weiß auch, dass Andreas sterben wird. Deswegen klingen die Lieder so schön.

Mama und Papa weinen nachts, wenn sie daran denken, dass Andreas sterben muss. Martin hört sie, weil sein Zimmer neben ihrem liegt. Er selbst weint nicht. Er spielt nur, und die Akkorde füllen wie Schmetterlinge den Raum aus. Metallschmetterlinge. Er kann nicht sagen, woher sie kommen, ob aus der Gitarre oder dem schwarzen Himmel in ihm, aber er lässt sie davonflattern und durch das Fenster oder das Schlüsselloch zu Andreas fliegen. Er hat keine Ahnung, ob Andreas sie sieht oder nur ganz laut den Fernseher laufen lässt und gar nichts mitkriegt.

Nein, Andreas entdeckt die Schmetterlinge nicht. Ihm fallen andere Dinge auf. Zum Beispiel merkt er Martin sofort an, was heute für ein Tag ist. Ob es ein Tag ist, an dem man beim Frühstück etwas sagen und Martin vielleicht fragen darf, was er nach der Schule vorhat. Oder ob man heute lieber den Mund hält, damit Martin einem nicht diesen vernichtenden Blick zuwirft.

Martin kann Leute so ansehen, dass sie sich wie Ungeziefer fühlen. Besonders Andreas. Wenn Martin ihn anguckt, kommt er sich wie ein Insekt vor.

Andreas hat Hände, die zittern, wenn er Graffitibuchstaben auf normales Papier zeichnet, er bewahrt einen Karton mit Spraydosen unter dem Bett auf und trägt immer einen Kapuzenpulli, damit man nicht sieht, dass er keine Haare hat.

Bei Mama und Papa im Schlafzimmer steht ein altes Fotoalbum im Bücherregal. Darin haben sie Fotos von Martin und Andreas eingeklebt, als sie klein waren. Zwei kleine Jungs, die sich im Wald eine Hütte bauen, zwei kleine Jungs vor einem großen Schneemann. Zwei blonde Köpfe. Zwei fast identische Schneeanzüge. Zwei Gesichter, auf denen das Lachen eingefroren ist, als ob jemand genau in diesem Moment den Film *Martin und Andreas – zusammen* angehalten hätte.

Sehr witzig!

Wenn Andreas allein zu Hause ist, holt er sich manchmal das Album und legt sich damit aufs Bett. Er blättert es durch und lässt seinen Finger über die Fotos mit den Klebstoffbuckeln gleiten. Sein Gesicht ist dem Kleinkindgesicht auf dem Bild ganz nahe, seine Nasenspitze streift es fast.

Was erwartet er eigentlich von diesem alten Foto? Denkt er, er könnte sich darin versenken und eine Fotoalbum-Zeitmaschinenreise zu gefütterten Schneeanzügen, nassen Fäustlingen und Martin machen, der weiß, wie man perfekte Schneebälle rollt?

Nein, so einer ist Andreas nicht. Er glaubt nicht an Science-Fiction und schon gar nicht an Märchen.

Er versucht nur zu begreifen.

Wann die große Veränderung kam. Ob sie dort vor dem Schneemann vielleicht auch schon da und nur nicht so deutlich zu sehen war, weil sie noch so klein waren und sich die Mützen tief ins Gesicht gezogen hatten.

Es gibt verschiedene Sorten von Menschen. Zum Beispiel die Normalen, die Skifahrer, die Skateboarder und die Streber. Und dann gibt es solche wie Martin und solche wie ihn. Die in keine Schublade passen.

Mama, Papa und lieber Gott im Himmel, den es nicht gibt:

Warum ist Martin auf perfekte Weise anders, während ich auf vollkommen falsche Weise anders bin?

MARTIN DURCHQUERT DEN Museumspark und geht weiter in Richtung Hafen. Er steigt über einen kaputten Zaun und scharrt mit dem Stiefel im Schnee. Zwei Millimeter Pulverschnee sind auf den gefrorenen Sand gefallen.

Eine Mole schiebt sich wie ein Sprungbrett ins Wasser. Er lässt die Gitarrentasche auf den Boden sinken. Legt sich an der Spitze bäuchlings auf den Beton und lässt die Arme hängen.

Unter der Wasseroberfläche begegnet ihm sein eigener Blick. Da unten gibt es auch eine Welt, mit denselben Wolkenfetzen, Kränen und Silos, *aber die ist etwas schwärzer und gehört etwas mehr mir allein.*

Klingt wie eine Gedichtzeile. Ein Refrain.

In Gedanken schreibt er ihn auf. Morgens fallen ihm manchmal mühelos neue Songs ein. Er ist einer, der Lieder einfängt und Metallschmetterlinge sammelt.

Eigentlich sollte er jetzt in der Schule sein, doch in der ersten Stunde hat er Geschichte, und er hat schon alle Kapitel im Buch ausgelesen, und Ingemar, sein Geschichtslehrer, erzählt nie etwas, was nicht im Buch steht. Zum Unterricht zu gehen, wäre Zeitverschwendung.

Vor allem an diesem Morgen, an dem die Wolken über dem Wasser so hell sind.

Und man den umgedrehten Booten am Hafen mit steif gefrorenen Fingern etwas auf der Gitarre vorspielt.

Weil man einen schwarzen Himmel in sich hat …

Weil man nachts so seltsame Sachen träumt. Von hässlichen Wesen mit Andreasgesichtern. Engeln mit klebrigen, grauen Flügeln, die im Kreis um ihn herumstehen und mit heiseren und unheilvollen Stimmen singen. Er hat niemandem von dem Traum erzählt, der ihm nicht wie ein gewöhnlicher Albtraum erscheint, sondern wie einer, der ihn zur Rede stellen will. Einer, der sich fast jede Nacht wiederholt. Der ihm die Schuld geben will.

Jedes Mal direkt vor dem Aufwachen wird der Kreis enger. Es ist dieses Gefühl, keine Luft zu bekommen. Er tastet nach ihren grauen Körpern, bekommt sie aber nicht zu fassen.

Deshalb schläft er nachts nicht viel. Solange er sich wach hält, Gitarre spielt, liest und Lieder schreibt, lässt der Traum ihn in Ruhe. Schlafen ist etwas für Leute, die Medikamente nehmen und die Welt durch einen trüben Filter sehen. Solche wie Andreas.

Andreas im Graffititunnel, auf dem Weg zur Schule, Andreas allein am Tisch in der Cafeteria, Andreas in einer durchsichtigen Blase, in die sich kein Loch stechen lässt …

Wenn Andreas im Krankenhaus ist oder nicht aus dem Bett kommt und den ganzen Tag fernsieht, bleibt sein Platz im Klassenzimmer leer. Fragt ihn irgendjemand, wo er war, wenn er wiederkommt, oder sind dann alle in der Klasse still? Vielleicht hat die Klassenlehrerin gesagt, man dürfe nicht über die Krankheit sprechen, solange Andreas nicht selbst davon anfängt. Also unterhält sich keiner mit ihm, weder darüber noch über etwas anderes. Vielleicht glauben seine Mitschüler, dass er tot umfällt, wenn sie ihm zu nahe kommen, und dass es besser ist, ihn in Ruhe zu lassen.

Martin steht auf und hängt sich die Gitarre wieder um.

Er wirft einen letzten Blick auf das Wasser, das immer noch nicht gefroren ist. Nach der großen Pause haben sie Philosophie, das ist sein Lieblingsfach. Andreas hat nie gesagt, welches Fach er am liebsten mag, er hat überall ziemlich gute Noten. Welches Profil er wohl in der Oberstufe belegen will? Über solche Dinge unterhalten sich vermutlich die Klassenkameraden von Andreas, denkt Martin. Hat das Lernen für ihn überhaupt noch einen Sinn, wenn er sowieso bald …

So darf man nicht reden. Wenn Andreas zuhört, darf man so nicht reden. Wahrscheinlich liegt Martins Zimmer deswegen zwischen dem Zimmer von Andreas und dem von Mama und Papa. Damit Andreas sie nicht weinen hört.

SARA HEISST SIE, die da vor dem Badezimmerspiegel steht und sich selbst anfasst, bevor sie in die Dusche steigt. Es kommt ziemlich oft vor, dass sie das tut: Sie streicht mit dem Finger über das Glas, entdeckt ihr Spiegelbild und bleibt daran hängen. Sie tippt mit den Fingerspitzen auf das Glas und beugt sich nach vorne. Sie trägt einen roten Slip mit Spitze, ansonsten ist sie nackt.

Sara ist die Schönste auf der Welt. Das sagt ihre Mutter, das sagen alle Jungs, die sie kennt, und Martin natürlich auch. Sie selbst würde es niemals laut aussprechen, aber wenn sie sich im Spiegel sieht, denkt sie, dass die anderen recht haben.

Sie macht ihre Lider schwer und verführt dieses Mädchen, das sie anschaut, als würde es am liebsten den Spiegel sprengen und sich auf Sara stürzen. Doch Sara lächelt herausfordernd, geht noch näher heran und berührt mit der Zungenspitze fast die Scheibe, ihre Lippen sind nur noch einen Millimeter voneinander entfernt …

Haha! Hastig tritt sie einen Schritt vom Waschbecken zurück. Haha, das hättest du wohl gern, kleine Sara-im-Spiegel? Mit dem schönsten Mädchen auf der Welt knutschen? Sorry, vielleicht ein andermal.

Sie lässt ihren Slip auf den Boden fallen, öffnet die Duschkabine und dreht das heiße Wasser auf.

Eigentlich sollte sie sich beeilen, anstatt vor dem Spiegel herumzuhampeln. Martins Eltern fragen sich vielleicht schon, was sie so lange im Badezimmer treibt. Und Andreas, Martins kleiner Bruder. Obwohl der es wahrscheinlich gar nicht bemerkt, er kommt ja nie aus seinem Zimmer.

Sara-im-Spiegel ist ihr Geheimnis. Sara hat schon mit ihr gespielt, als sie noch klein war. Andere hatten damals Phantasiefreunde. Die sind längst vergessen, Sara-im-Spiegel hingegen wird es ewig geben, sie werden zusammen erwachsen und alt werden.

Sie seift sich mit Lavendelduschgel ein, als würde Martin es für sie tun. Seine Hände mit den langen Fingern und der kaputten Nagelhaut.

In ihrer Handtasche, die an einem Haken im Flur hängt, hat sie eine kleine Dose Ringelblumensalbe. Sie cremt ihm immer die Finger ein, aber die kleinen Wunden heilen nie. Wenn sie seine Finger in den Händen hält, macht er die Augen zu.

Sara trocknet sich ab, ehe sie den beschlagenen Spiegel anhaucht, sich in Martins Badelaken einwickelt und die Tür aufschließt.

Martin hebt nicht den Blick, als sie das Zimmer betritt. Er ist ganz mit seinem neuen Lied beschäftigt. Doch als es zu Ende ist, zupft er an einem Zipfel des Handtuchs, bis es hinunterfällt.

Ihre Haut reflektiert das Deckenlicht, und seine Augen sind ebenfalls Spiegel, die Augen aller Menschen sind Spiegel. Sie kann sich selbst mit den Augen der anderen sehen, schönschön, und das kribbelt noch mehr, als sich vor Sara-im-Spiegel zu streicheln, weil die nur eine Phantasie ist. Martin ist echt, denn er kann die Hand ausstrecken und sie anfassen.

Er hilft ihr beim Anziehen: ein frisches Spitzenhöschen

und ein frisches Unterhemd. Als er nach ihrer Jeans greifen will, fällt sie rückwärts in die Kissen und zieht ihn zu sich herunter, und alles duftet nach Lavendel. Und es hat überhaupt nichts mit Erregung zu tun, schließlich hieße das ja, die Kontrolle aufzugeben, und das tut sie nie.

Es geht um ganz andere Dinge. Zum Beispiel wieder und wieder bestätigt zu bekommen, dass man die Schönste auf der Welt ist. Die Innenseite der Lider mit diesen Bestätigungen vollzukleistern. *Sara, the most beautiful girl in the world.* So wird es in der Vermisstenanzeige stehen, falls sie eines Tages entführt wird.

Eine Million Kronen für denjenigen, der sie findet.

WENN SARA ZU Besuch ist, macht Andreas die Tür zu. Er kommt nicht zum Abendessen, weil er sowieso keinen Hunger hat. Er stellt den Fernseher laut, weil er die beiden sonst bestimmt beim Sex hört.

Allerdings ist es egal, wie laut im Fernsehen geredet wird, er hört Martins und Saras Stimmen trotzdem durch die Wand. Die Stimmen sind miteinander verwoben wie Bänder in verschiedenen Farben. Ein schwarzes und ein rotes.

Martin stellt zwei Teetassen auf den Wohnzimmertisch. Sara weiß nicht recht, was sie tun soll, sie liest, was auf der Rückseite einer Video-Hülle steht, und klappt sie ein paarmal auf und zu. Dann wirft sie einen Blick auf Andreas' Tür. Und fragt sich, warum der Fernseher bei ihm so wahnsinnig laut läuft, vielleicht ist es auch das Radio. Ob sie mal anklopfen und ihn bitten soll, die Lautstärke ein wenig zu senken? Eigentlich könnte sie ihn auch fragen, ob er mitgucken will. Der Film ist ja ganz neu. Den hast du bestimmt noch nicht gesehen, könnte sie sagen.

Denn er muss sich doch langweilen, die ganze Zeit so allein da drinnen. Sara überlegt, ob er keine Freunde hat, aber sie hat Martin nicht danach gefragt, das käme ihr etwas seltsam vor.

Möglicherweise haben die Kinder bei Andreas in der Schule Angst. Sara findet es genauso unheimlich. Mit einem, der bald sterben wird, unter einem Dach.

Im Grunde genommen hat der Tod gar nichts Merkwürdiges an sich. Sara hat ihre Oma sterben sehen. Sie wurde immer kleiner und kleiner. Am Ende war sie so winzig wie eine Rosine, und dann ist sie schließlich gestorben. Das war nicht unheimlich, sondern nur traurig.

Sara und Martin sind jetzt schon seit zwei Monaten, elf Tagen und ein paar Stunden zusammen. Dinge, die sie gemeinsam machen: küssen, kitzeln und Tee trinken. Dinge, über die sie reden: Schule, Filme und hin und wieder über das, worüber sie so nachdenken.

Über Andreas spricht Martin nie. Das stimmt nicht ganz, er sagt zum Beispiel, es seien noch welche von den Pfannkuchen übrig, die Andreas gemacht hat, oder sie sollten lieber die Stereoanlage leiser drehen, falls Andreas schläft. Ansonsten lässt er sich nicht anmerken, dass er auf der anderen Seite der Wand einen Bruder hat.

Redet Martin überhaupt mit Andreas?

Sie stellt sich vor, wie Martin die Klinke hinunterdrückt, zu Andreas ins Zimmer geht und sich auf sein Bett setzt. Er hat eine CD dabei, über die sie sich unterhalten. Sie lachen über irgendetwas. Oder werden wütend aufeinander, wie das bei Brüdern eben ist. Sie malt sich aus, wie Martin zu Andreas sagt: Du bist ein Idiot. Am Ende lachen sie zusammen und mögen sich trotzdem.

Weint Martin, weil Andreas sterben wird? Das muss er doch. Manchmal möchte sie ihm die Gitarre wegreißen, damit er etwas über Andreas sagt. Aber Martin schweigt meistens.

»Dein Freund hat echt Tiefgang«, hat jemand, der mal in Sara verliebt war, in der Schule zu ihr gesagt. Dann hat der

Typ auf den Boden gespuckt und Martin hinterhergesehen, der quer über den Schulhof ging und über den Zaun stieg. Das war am Montag, als der allererste Schnee fiel, der Schulhof war nach kurzer Zeit von einem weißen Teppich bedeckt, und Martins Stiefel hinterließen deutliche Spuren in dem ganzen Weiß.

Sara zuckte mit den Schultern. Sein Tonfall und das höhnische Grinsen, mit dem er Tabakreste ausspuckte, gefielen ihr nicht.

»Kann sein«, sagte sie.

Gleichzeitig ärgerte sie sich auch über Martin. Warum musste er da langgehen, wenn alle anderen das Schultor nahmen?

Sie wirft einen Blick auf das Video. Martin hat den Ameisenfußball auf dem Fernsehbildschirm beendet und greift nach der Videohülle. Auf dem Wohnzimmertisch steht die dampfende Teekanne. Der Tee heißt Lapsang Souchong. Er riecht herb und nach Teer.

»Will Andreas den Film nicht mit uns anschauen?«, fragt Sara.

Martin hält mitten in der Bewegung inne. Plötzlich ist die Atmosphäre gedrückt. Als hätte ihre Frage ein Loch ins Zimmer gebohrt, in dem alles Hübsche und Helle, das Licht von der Stehlampe neben dem Ledersofa, der Dampf aus der Teekanne und Martins Lächeln, wenn er ihre Fingerspitzen beinahe-berührt, verschwindet.

Still, still, still.

Jetzt schaut er sie mit diesem Blick an, den Sara hasst. Von dem ihr ganz kalt wird. Wenn er sie so ansieht, hat sie das

Gefühl, sich in eine Pfütze zu verwandeln. Als ob es verboten wäre, zu fragen, ob Andreas den Film auch sehen will. Als ob sie zu dumm wäre, das zu kapieren.

NACHTS, WENN SIE eng nebeneinander auf dem schmalen Bett liegen, leuchtet eine Straßenlaterne durch das Fenster. Der Radiowecker zeigt null-zwei null-zwei an. Das ist eine magische Zahl. Null für nichts, zwei für Martin und Sara, die in Löffelchenstellung zur Wand liegen und im selben Rhythmus atmen.

Saras Zeigefinger gleitet sein Rückgrat hinunter. Er hält den Atem an. Ihre Hand ist federleicht und scheint etwas auf seinen Rücken zu schreiben, ein Geheimnis. Er macht die Augen fest zu und konzentriert sich auf die Buchstaben.

Er versucht, nicht mehr an die hässlichen Andreasengel aus seinem Traum, nicht mehr an den echten Andreas hinter der Wand und nicht mehr an das Gefühl zu denken, sein Hass auf Mama und Papa und Andreas und alle anderen würde ihn auffressen und er könne diesen Hass nur wieder ausgleichen, indem er Sara umso mehr liebe.

Er versucht, nicht daran zu denken, dass Sara genau wie die anderen ist, sie nichts von dem kapiert, worüber er nachdenkt und Lieder schreibt. Liebe, Tod. Große Sachen, wichtige Sachen. Dass sie nicht begreift, wie es ist, wenn man einen schwarzen Himmel in sich und auf der anderen Seite der Wand einen unsichtbaren Bruder hat, der stirbt.

Er versucht sich vorzustellen, Sara würde *I know, I know, I know* auf seinen Rücken schreiben, aber ihre Bewegungen folgen keinem klaren Muster. Sie malt keine Buchstaben auf seinen Rücken. Nur Schnörkel ohne besondere Bedeutung.

Seine Lunge platzt fast, die Luft will heraus. Er hält den Atem an, bis ihm schwarz vor Augen wird.

Jetzt verharren Saras Fingerspitzen an einem Punkt mitten auf dem Rückgrat, jetzt nimmt sie Anlauf und öffnet den Mund, und das Erste, was sie nach wahnsinnig langem Schweigen sagt, klingt immer so laut und ernst, wie ein Pistolenschuss.

»Kannst du nicht mal was von Andreas erzählen?«

Er dreht sich um, damit er ihr in die Augen schauen kann. Ihre Augen sind auch im Dunkeln blau.

»Da gibt es nicht viel zu erzählen.«

Sara sieht ihn nach wie vor an. Vielleicht sieht sie direkt durch ihn hindurch. Vielleicht hat sie es doch kapiert.

»Liebst du ihn?« Sara stützt sich auf den Ellbogen.

»Nein«, antwortet Martin schnell. »Stell dir vor, du wüsstest, dass du beispielsweise in einem halben Jahr sterben musst. Würdest du dann nicht lauter wichtige Sachen machen? Würdest du nicht überall in der ganzen Stadt in roter und schwarzer Schrift SARA WAS HERE an die Wände sprayen, allen Idioten sagen, dass sie dich mal können, den schönsten Abschiedssong der Welt schreiben und dir danach auf irgendeine hübsche Art das Leben nehmen? Weißt du, was Andreas tut? Er schließt sich in seinem Zimmer ein, sieht fern und lässt die Tage vollkommen gleichförmig verstreichen, während er selbst immer ekliger und grauer wird. Weißt du, was Andreas' sehnlichster Wunsch ist?«

»Gesund zu werden?«

»Nein. Ein anderer zu sein. Aber er tut nichts dafür. Und deshalb hasse ich ihn.«

EINES ABENDS, ALS Martin sieben Jahre alt war, fand er Papas alte Gitarre im Keller, die rote Levin. Eigentlich suchte er seinen Zeichenblock, von dem er glaubte, Mama hätte ihn versteckt, während sie dachte, er hätte ihn verschlampt.

Laut las er die Buchstaben vor, die mit Silberstift auf die große schwarze Hülle geschrieben waren. J-A-N. Wie sein Papa.

Mühsam zerrte er die Gitarrentasche aus dem Schrank, legte sie auf den kalten Kellerfußboden und öffnete die Druckknöpfe. Seine Finger waren ungeduldig und schwitzig.

Er setzte sich hin und betrachtete sie. Es war die schönste Gitarre und das größte Geheimnis der Welt. Er fuhr die Maserung mit den Fingerkuppen nach. Dann nahm er sie auf den Schoß. Er war sieben Jahre alt, als er seinen ersten Akkord anschlug.

Seine Zuhörer: zwei alte Fahrräder, eine Tischlerbank, ein Heizkessel und jede Menge Schränke und Regale voller Krempel.

Sein Herz klopfte wie bei einem Kaninchen. So laut, dass es den Fernseher hätte übertönen müssen, als er am Wohnzimmer vorüberschlich, wo Mama und Papa auf dem Ledersofa saßen.

Anfangs war er ungeschickt. Er vergaß die Akkorde und drückte zu fest auf die Saiten. Er übte, wenn Mama und

Papa spazieren gingen und Andreas draußen spielte. Niemand ahnte, dass Martin hinter seiner geschlossenen Tür nicht malte oder mit Legosteinen baute.

Er zog an seinen Fingern, bis sie knackten. Sie sollten länger werden. Mit sieben Jahren konnte er viele Akkorde noch nicht greifen, weil seine Finger zu kurz waren, zum Beispiel F-Dur und h-Moll.

Mama schimpfte mit ihm. Wenn er so weitermache, sagte sie, bekomme er als Erwachsener Rheumatismus. Er fragte nicht, was das bedeutete, sondern zog an seinen Fingern, wenn sie woanders hinsah.

Es vergingen fast zwei Jahre, bevor er zum ersten Mal die Tür aufmachte und Mama und Papa und Andreas etwas vorspielte. Da fand er heraus, wie man so in ein Lied eintauchen kann, dass alles um einen herum verschwindet. Wie man sich in der Musik verstecken und die Akkorde in Schmetterlinge verwandeln kann.

Mit Metallflügeln.

Die um das Schlüsselloch von Andreas' Zimmertür herumschwirren.

VOR DEM EINSCHLAFEN dreht Andreas sich zur Wand und sieht den Film über sich selbst. Sein Kopf ist ein Projektor und wirft die Bilder direkt auf die Tapete. Der Film läuft jeden Abend, so oft Andreas will. Es gibt verschiedene Abschnitte, zum Beispiel:

Andreas auf einer hell erleuchteten Bühne. Das Publikum besteht aus einer ununterscheidbaren Menschenmasse mit Hunderten von Mündern, die seinen Namen schreien. Die Masse streckt die Arme nach ihm aus und wird an den Bühnenrand gequetscht. Hunderte von Augen reflektieren das Licht der Scheinwerfer, und er steht mit einer kornblumenblauen Gitarre um den Hals wie angewurzelt auf der Bühne. Gleich fängt er an. Er will nur noch ein paar Sekunden so dastehen und das wogende Feld aus Händen ansehen, einen kurzen Augenblick noch, *bevor es richtig losgeht.*

Andreas in der Schule. Er ist jemand, der auffällt, einer, der andere zum Lachen bringt. In der Freistunde geht er mit zum Kartenspielen in die Cafeteria und isst Kokosbälle. Nach der letzten Stunde fährt er mit dem Skatebord die Kungsgata hinunter, obwohl man das nicht darf. Die anderen holen ihn erst ein, als er stehen bleibt. Andreas ist einer, den man nicht übersieht. Jemand, den man vermissen würde, wenn er plötzlich nicht mehr da wäre.

Andreas im Graffititunnel. Es ist herbstlich dunkel. Er zieht sich die Kapuze tiefer ins Gesicht und wirft einen Blick über seine Schulter. Da stehen nur Tiina und Olle aus seiner Klasse, bibbernd und feierlich. Andreas holt die rote Spraydose aus der Tasche. Dann macht er mit Grün, Blau und Schwarz weiter. Die Straßenlaterne am Tunneleingang beleuchtet die Betonwand. Andreas sprayt sein Tag darauf. Das geht schnell, er hat es schon oft getan.

Andreas und Martin. Martin wartet vor dem Klassenraum auf ihn. Er lehnt lässig an der Wand, so wie gewöhnlich, fängt aber sofort an zu lächeln, als er Andreas durch die Scheibe erblickt. Die Stunde dauert noch fünf Minuten. Martin formt mit den Lippen ein paar Worte wie: *Lass uns in die Stadt gehen*, und einige in der Klasse glotzen ihn an und flüstern: *Wer ist das denn?*, und Andreas sagt laut, damit alle es hören: *Das ist mein Bruder, er heißt Martin.*

Andreas und Sara. Er liegt auf seinem Bett, und Sara hat ihr rotes Kleid an. Ungefähr in dem Moment, als sie es sich über den Kopf zieht, gibt es eine Störung, das Bild flackert, während seine linke Hand in die Schlafanzughose gleitet.

Als Andreas zurückkommt, fällt ihm wieder ein, dass Sara bei Martin schläft. Durch die Wand hört er Musik und leise Stimmen.

Er geht ins Badezimmer und wirft seine Unterhose in den Wäschekorb. Vom Spiegel wendet er sich ab, denn er weiß sowieso, wie er aussieht. Kahlköpfig, dick und irgendwie aufgedunsen. Viele werden schmal, wenn sie krank sind, aber er nicht. Die Medikamente haben seinen Körper in die Breite gehen lassen. In ihm wütet ein Monster, das ihn von innen auffrisst. Seltsam, dass er selbst dabei immer fetter wird.

Mit dem Handrücken wischt er sich einen Schweißtropfen von der Stirn. Er betätigt die Spülung, damit die anderen denken, er wäre aufs Klo gegangen.

Im Flur begegnet er Mama und wird rot. Sie trägt ein Nachthemd und hält ein Glas Wasser in der Hand.

»Kannst du nicht schlafen?«

Er sagt, er habe Hunger und wolle sich ein Brot schmieren. Sie legt den Kopf schief und sieht ihn an.

»Andreas«, sagt sie. »Andreasschatz.«

Er geht schnell an ihr vorbei. Irgendetwas in ihm schlägt und schlägt und schlägt.

WÄHREND MAMA UND Papa an einem kleinen Tisch sitzen und Dr. Mari Lahti leise über Schmerzmittel und andere Medikamente spricht, hat Andreas es sich in einem Sessel am Fenster bequem gemacht und liest einen alten Comic.

Er weiß, dass es nur um ihn geht, aber er kann sich nicht dazu aufraffen, Donald Duck wegzulegen und sich am Gespräch zu beteiligen.

Früher wollten Mama und Papa ihn immer überreden, sich dazuzusetzen. Du brauchst nur zuhören, meinten sie. Dann sagte Mari Lahti, das dürfe er selbst entscheiden. Seitdem lassen sie ihn in Ruhe.

Solange er in seinem Sessel sitzt, sich vollkommen in die Abenteuer der Enten versenkt (obwohl er jedes Heft schon mindestens zehn Mal gelesen hat) und die Stimmen von Mama, Papa und Mari Lahti nur ein gedämpftes Gemurmel aus der anderen Zimmerecke sind, kann er so tun, als würden sie sich über einen ganz anderen Andreas unterhalten.

Scheiße, armer Andreas, denkt er, weil Mari Lahti nun auf ein Bild tippt und etwas zeigt, das in ihm ein wenig gewachsen ist. Sie sagt nicht Monster dazu, denn sie spricht Ärztesprache. Papa nickt, und Mama drückt die Fingernägel aufeinander. Das ist schade, schließlich splittert so der Nagellack. Sie hat sonst immer sehr schöne Hände.

Andreas dreht sich zu dem kranken Jungen um, dem anderen Andreas. Außer Mama, Papa und Mari Lahti, die sich über den Tisch beugen, einem Regal voller Aktenordner und einer verstaubten Azalee ist allerdings niemand im Raum.

Na klar! Andreas hat etwas Besseres zu tun. Er will die verbleibende Zeit jetzt nutzen, die letzten stürmischen Monate mit fünfzehn Jahren und aufgeschürften Händen und Knien. Ist doch logisch, dass man da manchmal auf die Nase fällt …

Im Moment sitzt er gerade auf dem Dach eines Mietshauses neben einem Mädchen und sieht die Sonne über dem Zentrum untergehen. Es muss nicht Sara sein, es kann auch jemand anders sein. Eine, die genauso lächelt wie sie, aber auch Skateboard fahren kann.

Sie lassen die Beine über die Kante baumeln und reden über wichtige Dinge. Leben und Tod. Und was sie vorhat, wenn sie mit der Schule fertig ist und diese Stadt hinter sich gelassen hat.

»Ich würde gern irgendwohin fahren«, sagt Andreas.

Sie dreht sich mit leuchtenden Augen zu ihm um: »Los, wir hauen ab! Stockholm, Europa, die Welt …«

Andreas kommt heute Abend wahrscheinlich nicht nach Hause.

Während er und Mama und Papa vor dem Fernseher etwas vom Chinesen essen, steht der andere Andreas auf dem Dach. Unten auf der Straße sind die parkenden Autos klein wie Spielzeugautos, die Passanten sehen aus wie Legomännchen. Seine Beine sind steif gefroren, sein Körper fühlt sich jedoch federleicht an. Er breitet die Arme aus, als ob er fliegen wollte. Da steht auch sie auf, nimmt seine Hand und lächelt.

»Ich werde dich wirklich vermissen.«

AUF DEM FREIGESCHAUFELTEN Gartenweg schlägt Martin das blaue Fernsehlicht entgegen. Das Café, in dem er und Sara sich die Hände an den Teetassen aufgewärmt haben, hat gerade zugemacht.

Sie wollte, dass er mit zu ihr kommt, aber er verspürte ein fiebriges Nicht-still-sitzen-können-Gefühl. Obwohl es schneite und obwohl er keine Handschuhe trug, sehnten sich seine Finger danach, sich aus Saras Hand-in-Hand-Griff zu befreien.

Er sagte, er müsse schnell nach Hause. Er sagte nicht: *Ich muss einfach Gitarre spielen*, er sagte: *Ich habe meiner Mutter versprochen, ihr bei einer Sache zu helfen.*

Sara fragte nicht, wobei. Sie küsste ihn mit Lippen weich wie Schnee und stieg in den Bus.

Meine Gitarre, mon amour, weißt du eigentlich, dass du die Einzige bist, die mir hier in dieser Reihenhaushölle etwas bedeutet? Du bist nämlich die Einzige, die ausspricht, wie es ist. Die Einzige, die den Mut hat, das Schweigen zu brechen.

Vor dem Wohnzimmerfenster bleibt er stehen. Anstatt die Haustür zu öffnen, einen großen Schritt über die Fußmatte zu machen, auf der *Willkommen* steht, und einzutreten, bleibt er draußen im Dunkeln. Er hält einen Meter Abstand zum Haus und starrt durch die Scheibe.

Drei nebeneinander auf dem Ledersofa. Drei aufgeklappte rote Pappkartons vom Chinarestaurant. Er sieht Mama, Papa und Andreas wie auf einer ausgeleuchteten Bühne.

Im Frühjahr hatte sich die ganze Schule eine Theatervorführung im Magazin angesehen. Das Stück war noch nicht fertig. Es gab keine festgelegten Dialoge, die Schauspieler improvisierten. Einige aus der Klasse fanden, das Stück sei Wischiwaschi gewesen. Als Martin sagte, es sei verdammt gut gewesen, hielten sie den Mund. Aber wie sie ihn ansahen. Als wäre *er* nicht ganz richtig im Kopf, dabei hatten sie doch nicht kapiert, worum es in dem Stück ging!

So ähnlich sieht es nun aus, wie auf einer Bühne. Das Stück heißt *Familie Holme an einem vollkommen normalen Freitagabend.*

Allerdings ist Martin nicht dabei. Er ist nur das Publikum. Was da drinnen passiert, hat nichts mit ihm zu tun.

Die Schauspieler heißen Jan, Elisabeth und Andreas. Ihre Blicke sind fest auf den blau leuchtenden Fernseher gerichtet.

Oder? Papas Augen sind ständig in Bewegung. Vom Fernseher zur Armbanduhr, zu Mama, zu Andreas, zum Fenster und wieder zurück. Als sie eine Weile an der Scheibe hängen bleiben, hält Martin die Luft an. Es fühlt sich an, als könnte Papa ihn da draußen sehen, obwohl er weiß, dass er vollkommen im Dunkeln verborgen ist.

Er erinnert sich noch, wie er Papa die Gitarre einmal auf den Schoß gelegt hat. Papa guckte weiter die Nachrichten, während er mit den Nägeln auf das leichte Holz trommelte.

»Ich kann gar nichts mehr«, murmelte er und wollte sie Martin zurückgeben. Wie zum Teufel schlägt man ein D an? Oder e-Moll?

Martin legte Papas Finger woandershin und dachte, diese Zeit damals, die Sechziger, die Woodstock-Jahre, würden zum Leben erwachen, wenn er Papa nur dazu bringen könnte, sich wieder an die Akkorde zu erinnern. Aber Papas Finger waren steif und rutschten von den Saiten ab.

Hatte er wirklich alles vergessen, oder erinnerte er sich absichtlich nicht?

Weil ihm klar war, dass der Siebzehnjährige, der die Gitarre gekauft hatte, nach wie vor in ihm steckte. Er war zwischen diesen Rippen mit dem schwarzen Ich-könnte-dich-töten-Blick eingeklemmt. Weil ihm klar war, dass der Typ ihn als Verräter bezeichnen würde, wenn er reden könnte.

Immobilienmakler werden. Eine *Krawatte* tragen. Vergessen, wie man e-Moll greift. Eine Frau heiraten, die beim Arbeitsamt arbeitet. Vater von einem Sohn namens Martin und einem Sohn namens Andreas werden und nicht versuchen, sie *wirklich* kennenzulernen.

Nein, Papa sieht ihn natürlich nicht durch das Fenster.

Martin geht einen Schritt näher heran. Nun trennt ihn nur noch eine Glasscheibe von der Bühne.

Er betrachtet Andreas' Kapuze, diese riesige blaue Haube. Darunter könnte sich jeder verbergen. Vielleicht ist es auch ein Roboter, eine Andreasroboter, der jetzt seine Roboterhand nach dem Keramikschälchen mit den Erdnüssen ausstreckt, während der echte Andreas ganz woanders ist. Mit anderen Hip-Hop-Kids herumhängt und Spiele spielt, die Hip-Hop-Kids so spielen.

Manchmal kommt Mama zu Martin herein und setzt sich auf seine Bettkante. Mit etwas ganz Normalem fängt sie an. Sie sagt zum Beispiel etwas über Sara oder erkundigt sich, wer die Leute auf den Postern an seinen Wänden sind, obwohl sie das schon tausendmal gemacht und keine Ahnung von diesen Leuten hat. Dann fragt sie:

»Kannst du nicht mal was mit Andreas machen? Er ist immer so allein. Nimm ihn doch mal mit in die Stadt. Weißt du, ob was Gutes im Kino läuft?«

Martin schaut sie an. Antwortet nicht, schaut sie nur an. Bis sie irgendetwas murmelt, den Blick senkt und geht.

Ihre Augen sagen das Gleiche wie die Wesen in seinen Albträumen. Nur nicht so direkt, sondern etwas versteckter.

Es ist Martins Schuld, dass Andreas keine echten Träume hat.

Es ist seine Schuld, dass niemand Andreas sieht, niemand Andreas anruft, er es nicht mehr schaffen wird, wirklich zu leben, bevor er stirbt.

Es ist seine Schuld, dass Andreas so verdammt antriebslos ist.

Er sollte ein Supertodeskumpel, der tollste große Bruder auf der Welt für Andreas sein, solange er noch kann.

Es ist absolut verboten, wütend auf seinen Bruder zu sein, wenn man weiß, er wird bald sterben.

Andreas …

Ich wünschte, du wärst auch wütend auf mich. Ich wünschte, du würdest mir in die Fresse schlagen. Oder vom Sofa aufstehen und hinaus in den Schnee spazieren.

Dann würde ich dich begleiten, wohin du willst, versprochen.

Dieses Stück ist total beschissen. Es passiert überhaupt nichts. Martin macht die Haustür auf und streift den Schnee an der Fußmatte ab. Er geht quer durch das Wohnzimmer.

»Hallo«, sagt Mama.

So ein kleines Wort und so viel Müdigkeit. Die will er nicht haben. Er will dieses ganze klebrige Grau nicht haben.

»Hallo.«

»Wo warst du?«

»Draußen.«

»Hast du Hunger? Es gibt noch Rindfleisch mit Bambussprossen.«

ALLES UM IHN herum verschwindet. Das Zahnbürstensummen, die Klospülung, Mama, die sich ein Glas Wasser aus der Küche holt. Das leise Klopfen, *Gute Nacht, Martin*, hört er gar nicht, aber er weiß, wie sie klingen. Die Abendgeräusche.

Man kann sich in viele Zustände hineinspielen. Man kann sich in Ekstase spielen, in Trance, in eine weiche, dunkle Stimmung ohne Namen. Man kann spielen, um nicht einzuschlafen. Damit man diesen ekligen grauen Traumwesen entgeht.

Monster unter dem Bett gibt es schon lange nicht mehr. Das hier ist viel schlimmer. Es nützt nichts, das Licht anzumachen.

Gitarre spielen, damit man nicht einschläft, ist das Einzige, was hilft. Doch am Ende geht es nicht mehr. Am Ende kann man nicht mehr.

In dieser Nacht steht Martin auf einem hohen Berg, als sie aus dem Nichts kommen. Da sie sich farblich nicht vom Gestein unterscheiden, bemerkt er sie erst, als sie einen Halbkreis um ihn gebildet haben. Er hört ihre zischenden Stimmen, anfänglich nur ein leises Gemurmel, dann immer lauter. Neben ihnen eine Spring-in-den-Tod-Klippe.

Sie strecken die Arme nach oben. Sie grinsen wie die Mörder, Folterknechte und Peiniger im Film, wenn ihr Opfer begreift, dass das Spiel aus ist und es ihnen nicht entkommt.

Jetzt sieht er, was sie in den Händen halten. Ein Netz.

Sein Herz schlägt wild um sich. Zersplittert den Brustkorb.

In Zeitlupe werfen sie das Netz über ihn. Er wehrt sich und verheddert sich dabei. Sie halten ihn über die Klippe, und wenn sie loslassen, fällt er.

Durch die groben Maschen sieht er unter sich den Boden. Mit wilden Blumen bewachsen. In tausend verschiedenen Farben.

Kapiert es endlich, ihr Idioten! Diese Krankheit kann man nicht heilen. Andreas würde auch nicht länger leben, wenn Martin netter zu ihm wäre. Wenn er Andreas nicht mehr für ein feiges Arschloch halten oder versuchen würde, ihn ein bisschen mehr zu mögen.

Okay, er tut es nicht. Okay, er ist nicht der tollste große Bruder der Welt. Es ist nicht seine Schuld, dass Andreas stirbt, kapiert?

Aber es fühlt sich so an.

Es fühlt sich an, als müsste er etwas für Andreas tun, bevor es zu spät ist.

Es fühlt sich an, als würde etwas in ihm zusammengeschnürt. Wenn er jetzt fiele, könnte er nicht einmal schreien.

Beim Aufwachen schlägt Martin um sich. Fast reißt er den Radiowecker vom Nachttisch.

Der Rücken ist nass geschwitzt, das Laken liegt zusammengeknüllt am Fußende. Er liegt still, bis sich sein Herzschlag beruhigt, schließt die Augen und ruft sich den Traum ins Gedächtnis.

Sein Kopf ist benebelt, seine Gedanken noch schlaftrunken. Doch das Schwindel-Fall-Gefühl steckt ihm noch in den Knochen.

Er drückt den Kopf an die Wand. Lauscht Andreas' dumpfem Schnarchen hinter der Wand.

Niemand sonst ist jetzt wach, Andreas. Willst du nicht in die Stadt fahren und auf irgendeiner hässlichen Betonwand ein Graffito hinterlassen?

Jetzt mach schon, ich zähle bis zehn, in Ordnung?

Seine Lippen berühren die schwarze Tapete, als er flüsternd zählt: Eins, zwei, drei …

Bei zehn schwingt er die Beine über die Bettkante. Er hat nicht vor, noch einmal einzuschlafen.

Als er auf dem Weg zur Küche an Andreas' Tür vorbeikommt, denkt er: Wer stirbt, wird eine wilde Blume am Fuße dieser Klippe. Wenn sie mich losgelassen hätten, wäre ich auch eine geworden.

Er nimmt die Dose mit dem Lapsang Souchong aus dem obersten Fach. Setzt sich auf den Fußboden und lehnt sich an den Kühlschrank, während er darauf wartet, dass das Wasser kocht.

Wenn du so weitermachst, wirst du ein scheißlangweiliger Löwenzahn, Andreas. Begreifst du das nicht?

LANGSAM VERTEILT MARTIN Cornflakes auf seiner Milch. Sie dürfen nicht in der Milch ertrinken, sondern müssen darauf schwimmen, damit sie knusprig bleiben. Andreas macht es umgekehrt: Er gießt zuletzt die Milch in die Schüssel und rührt um. Seine Cornflakes werden weich und matschig. Wenn er isst, tropft Milch vom Löffel.

Martin ist fast nie mit Andreas allein. Mama ist morgens immer noch zu Hause, weil sie nie vor neun anfängt. Nach der Schule ist Martin meistens bei Sara. Oder er sitzt irgendwo und spielt Gitarre.

Heute hat Mama vor der Arbeit einen Zahnarzttermin. Vor einer halben Stunde ist sie losgefahren. Und hat ihn mit Andreas allein gelassen.

Sie sitzen sich am Küchentisch gegenüber. Die Uhr an der Wand tickt unnatürlich laut. Da Papa die Zeitung mit zur Arbeit genommen hat, kann Martin sich nicht hinter dem Kulturteil verstecken. Er muss Andreas anschauen, während er seine Cornflakes isst.

Er sehnt sich nach seiner Gitarre. Die ist sonst sein Schutzschild. Wenn er sie vor dem Bauch hat, kommt niemand an ihn heran. Aber er kann ja nicht mit der Levin auf dem Schoß frühstücken.

Irgendetwas kribbelt in ihm.

Er muss unbedingt etwas zu Andreas sagen.

Über den Film, den Andreas Freitagabend mit Mama und Papa gesehen hat? Oder über den Schnee? Soll er Andreas fragen, wie es ihm geht? Oder ob er mit seinem neuen Skateboard schon auf einer Rampe war?

Scheiße, er hat das Gefühl, dass Andreas ihn anstarrt, während er den Blick senkt und in seine große rote Teetasse pustet.

Andreas sitzt fast reglos auf seinem Stuhl, nur die Arme bewegen sich, als er sich Cornflakes mit Milch reinschaufelt, das Saftglas hebt und es in einem Zug austrinkt. Heimlich betrachtet er Martins Hände, die Finger, die sich sanft um den Henkel seiner Tasse gelegt haben. Mit der freien Hand streicht er sich die langen Haare aus dem Gesicht.

Wenn Andreas sich nach vorne beugen würde, könnte er ihn berühren. Er könnte ihm zum Spaß gegen den Arm boxen, wie Brüder das so machen. Doch er behält seine Muskeln unter Kontrolle. Er spürt, wie sie sich unter der Haut verkrampfen.

Er ist es gewohnt, Martin anzusehen. Heimlich, damit Martin ihn nicht fragt, warum er so glotzt.

Andreas denkt, dass er das gut kann. Er kennt die kleinen Regungen in Martins Gesicht mittlerweile in- und auswendig. Er kann daraus ablesen, ob Martin gut gelaunt ist und ob er an Sara denkt oder an ein Lied, das er gerade komponiert. Oder ob er einen so vernichtend ansieht und nicht ansprechbar ist.

Andreas ist einer, der nie richtig dazugehört. Einer, der mit ein paar Leuten aus seiner Klasse in der Cafeteria sitzt und sich über irgendetwas ganz Normales unterhält, zum Beispiel eine Mathearbeit, und die ganze Zeit spürt: *Ich bin keiner von denen, ich tue nur so, als wäre ich dabei.* Ihm ist klar, dass die anderen das genauso sehen. Solche wie er können gut beobachten und winzige Regungen in den Gesichtern der anderen unterscheiden. Wenn man nicht *dazugehört*, lernt man *sehen*.

Martins jetzigen Gesichtsausdruck kann er allerdings nicht deuten. Es sieht aus, als wüsste er nicht, wo er hinschauen soll.

Andreas hat immer ein bisschen Angst vor Martin. Angst vor seinem vernichtenden Blick, der Andreas kleiner und kleiner werden lässt.

Im Moment scheint es jedoch so, als hätte Martin auch ein bisschen Angst vor ihm. Obwohl sich das wie ein Witz anhört.

Martin verhält sich folgendermaßen: Er öffnet den Mund, beißt sich auf die Lippe, pustet in den Tee, trinkt und streicht sich durch das Haar.

Als ob er etwas sagen wollte, aber nicht weiß, wo er anfangen soll.

Andreas traut sich nicht, Luft zu holen. Jeder Atemzug wirkt wahnsinnig laut. Hässliches Gekeuche. Er hat das Gefühl, es könnte Martin stören. Ihn auf den Gedanken bringen, dass Andreas so widerlich atmet, und ihn davon abhalten, etwas Wichtiges zu sagen.

Er guckt auf die Uhr und danach wieder zu Martin. Schon zehn vor acht, bald hat er seine Cornflakes aufgegessen, und wenn jetzt nichts passiert, wird Martin aufstehen, seine Schultasche packen und draußen im Schnee verschwinden.

Und Andreas wird nie erfahren, was er eigentlich sagen wollte.

Wie redet man mit jemandem, der einem nie in die Augen sieht?

Wie redet man mit jemandem, der nicht auf so abartig schöne Weise sterben wird, wie man selbst es getan hätte (indem man zum Beispiel von einer Klippe gesprungen und sich im Fallen in eine wilde Blume verwandelt hätte), sondern in einem Krankenhauszimmer voller Schläuche und Geräte?

Ich weiß es nicht.

Ich weiß es nicht!

Die Gestalten in seinem Traum sagen, der Grund sei, dass er es nie versucht, er nie mit Andreas redet, ihn nie anlächelt, ihm keine gespielte Kopfnuss versetzt und keine Eispackung mit ihm teilt. Weil er die Zeit, die Andreas noch bleibt, nicht so schön wie möglich gestaltet. Deshalb verdient Martin es, auch zu sterben.

In zehn Minuten muss er los. Sonst verpasst er die erste Stunde. Vorher muss er *irgendetwas* sagen.

Unter dem Tisch stellt Martin einen Fuß sanft auf den von Andreas. Dünne schwarze Martinsocke, dicke graue Andreassocke. Die ungewohnte Berührung lässt Andreas erstarren.

»Weißt du noch, wie wir beschlossen haben, Astronauten zu werden, wenn wir groß sind?«

Andreas sieht ihn an. Er versucht zu erkennen, ob das ein Witz war, ein Filmzitat, das das Schweigen brechen soll, oder ob es ernst gemeint ist.

»Und weißt du noch, wie wir bei Oma in die Wolken geschaut haben?«, fährt Martin fort. »Einmal haben wir eine gesehen, die aussah wie ein Raumschiff.«

Andreas lächelt zaghaft.

Martin lässt ihn nicht aus den Augen. Er wartet.

Da kapiert Andreas! Das Weißt-du-noch-Spiel ist eine Zeitreise, und jetzt ist er dran.

»Weißt du noch, wie wir Fußball gespielt haben?«, fragt Andreas.

»Du warst viel besser als ich.«

Es ist wie mit dem Film, der jeden Abend an Andreas' Zimmerwand projiziert wird, aber das hier sind keine Phantasien. Das hier sind Sachen, die wirklich passiert sind.

Es ist der Film *Martin und Andreas – zusammen*. Er handelt von Dingen, die vor unheimlich langer Zeit geschehen sind, vor seiner Krankheit, bevor Martin sich die Haare wachsen ließ und schwarz färbte, bevor irgendjemand auf den Gedanken kam, dass manche auf vollkommen richtige Weise anders sind, während andere vollkommen verkehrt anders sind.

Er handelt von Engeln im Schnee und Hütten im Wald, vom Pilzesammeln und davon, wie es ist, hinter Omas Sommerhäuschen im Gras zu liegen. Von heißem Johannisbeersaft aus der Thermosflasche und roten und blauen Winterstiefeln, die durch zugefrorene Pfützen stapfen. Vom Balancieren auf dem Spielplatzzaun und Memoryspielen und davon, wie es ist, immer die beiden grünen Außerirdischen zu bekommen, die aus einem Ufo hüpfen. Wie man beim Hackklotz im Garten hinter Omas Sommerhäuschen lernt, auf den Händen zu gehen, von Schürfwunden, blauen Flecken und Brennnesseln. Schmerzen, gegen die Pflaster und Soll-ich-mal-pusten und Bonbons helfen. Kleinkinderschmerzen. Kein Vergleich zu den jetzigen.

»Weißt du noch, wie ich dir Fahrradfahren beibringen wollte?«

In dem Moment, als sie seinen Mund verlassen, merkt Martin, wie sinnlos die Worte klingen. Wie sinnlos es ist, hier mit Andreas am Frühstückstisch zu sitzen und Erinnerungen auszutauschen. Wie zwei Rentner.

Natürlich weiß Andreas noch, wie Martin versucht hat, den Gepäckträger festzuhalten und hinter ihm herzurennen, wie das Fahrrad nach wenigen Metern umkippte und Andreas sich das Knie aufschlug, wie sie Mama und Papa hinterher weismachten, er wäre im Garten gestolpert. Aber was spielt das jetzt für eine Rolle?

Über die Vergangenheit redet man, wenn man nichts zu sagen hat. Die Vergangenheit kleistert zusammen, was sonst auseinanderfallen würde. Denn die Vergangenheit ist der einzige Beweis für die Zusammengehörigkeit von Andreas und ihm. Ansonsten gibt es keine Zeugen, keine Blutspuren, nichts.

Andreas scheint nicht bemerkt zu haben, dass Martin aufgehört hat, *Weißt du noch, wie wir dies* und *Weißt du noch, wie wir das* zu sagen, und nicht mehr mitspielt. Andreas ist röter im Gesicht als gewöhnlich und keucht beim Sprechen. Die Erinnerungen schießen nur so aus ihm heraus, es ist schon zehn nach, und in seiner Schüssel schwimmt ein Rest Cornflakes-mit-Milch-Pampe, den er völlig vergessen hat.

Er verstummt erst, als Martin aufsteht und seinen Stuhl an den Tisch schiebt. Plötzlich ist alles wie immer. Andreas sieht Martin an und senkt schnell den Blick. Martin ist wieder so unnahbar, er steckt seine Bücher und den Collegeblock ein, und vielleicht hat Andreas sich das Weißt-du-noch-Spiel nur eingebildet. Haben sie sich die ganze Zeit schweigend gegenübergesessen? Die Küchenuhr tickt so laut, als würde sie in seinem Kopf stecken.

Hat er etwas Falsches gesagt?

Etwas, woran er sich auf keinen Fall hätte erinnern dürfen?

Mit Martin zusammen zu sein, ist wie das Balancieren auf dem Spielplatzzaun. Ein Schritt daneben, und man fällt. Meistens bemerkt man seinen Fehltritt gar nicht. Man kapiert es erst, wenn man mit dem Mund voller Sand auf der Erde liegt.

Martin knallt die Haustür hinter sich zu, und Andreas sitzt noch immer auf dem Stuhl. Ihm wird klar, dass er selbst dann zu spät zur Schule kommt, wenn er auf Mari Lahtis Anweisung pfeift, sich nicht zu überanstrengen, und die ganze Strecke rennt.

Verfluchter Martin. Warum war es einfach so zu Ende?

ALS ANDREAS VON der Schule nach Hause kommt, geht er in Martins Zimmer und reißt alle Schubladen aus der Kommode. Jeans und T-Shirts wirft er wild durcheinander. Dann zieht er seine eigenen Sachen aus und lässt sie ebenfalls fallen. Nur die Unterhose behält er an.

Von der Wand starren ihn schwarz-weiße Gesichter an. Ihre Augen verfolgen jede seiner Bewegungen genau. Er scheißt auf sie. Es sind ja nur Poster, und die können nicht petzen.

Mama und Papa arbeiten, und Martin hat frühestens um halb vier Schluss und kommt bestimmt nicht sofort nach Hause.

Er hebt eine Jeans vom Boden auf. Sie ist schwarz und unten ausgefranst. Martin sitzt sie locker auf der Hüfte, aber als Andreas hineinschlüpft, geht der Reißverschluss nicht zu. Er zieht einen langen Pullover darüber, damit man es nicht sieht.

Andreas verbirgt seinen kahlen Kopf und die Stirn unter der schwarzen Kapuze des Pullovers. Der Stoff wirft einen Schatten auf sein Gesicht, sodass es aus einem bestimmten Blickwinkel so aussieht, als hätte er Haare unter der Kapuze.

Er stellt sich vor den Spiegel und posiert. Gar nicht schlecht. Obwohl er immer noch das Gefühl hat, als ob etwas fehlt.

In der hintersten Ecke von Martins Kleiderschrank entdeckt er eine schwarze Jacke mit silbernen Nieten. Die hat vor langer Zeit Papa gehört, Martin hat sie im Keller gefunden. Sie war ihm zwar ein bisschen zu groß, dennoch hat er sie an sich genommen. Soweit Andreas sich erinnern kann, hat Martin sie nie angehabt.

Andreas zwängt sich in die Ärmel, fest umschließt das Leder seine Schultern, die Jacke sitzt wie angegossen.

Wenn es doch so einfach wäre. Wenn er sich als Martin verkleiden und in Martin *verwandeln* könnte. Oder zumindest in irgendjemand anderen. In jemanden, den Martin mag.

Er denkt, dass von Anfang an etwas schiefgegangen sein muss, als Martin noch in Mamas Bauch war. Sein Schatten hat sich vom Körper gelöst. Als er geboren wurde, blieb der Schatten im Bauch. Er wuchs und wuchs und war am Ende genauso groß wie ein Baby. Zwei Jahre später wurde Andreas geboren.

Da kann natürlich leicht etwas schiefgehen. Der Schattenjunge bekommt eine unheilbare Krankheit und wird nur fünfzehn Jahre alt.

Er fragt sich, ob Mari Lahti das auch begriffen hat. Wenn ja, sollte sie es Mama und Papa erklären, damit er es nicht tun muss.

Mari Lahti hat mehrmals gefragt, ob er jemanden zum Reden braucht. Einen Sozialarbeiter oder so. Er hat mit den Schultern gezuckt.

»Du weißt, ich bin jederzeit für dich da, wenn du darüber sprechen möchtest«, sagt Mama immer.

Darüber.

Über das, was niemand laut zu sagen wagt. Die Sache mit dem Tod. Manchmal denkt er, wie viel einfacher es wäre, wenn alle aufhören würden, verstohlen darum herumzuschleichen und hinter vorgehaltener Hand zu flüstern. Wenn die Sache endlich einen Namen bekäme, den sich alle in den Mund zu nehmen trauten.

STERBEN!

Er starrt in den Spiegel.

»Ich werde sterben«, sagt er. Er artikuliert alle Buchstaben überdeutlich und sagt es extralaut. Er schreit fast.

Der Spiegel hört zu. Die Gesichter auf den Postern hören zu. Der ganze Raum hört ihm zu.

»Aber noch nicht richtig«, sagt er etwas leiser.

Klick.

Er hört es genau: wie der Schlüssel im Schloss umgedreht wird. Zwei Stiefel, die auf der Fußmatte im Hausflur den Schnee abstreifen. Die Haustür, die geschlossen wird.

Andreas strampelt die Hose runter, der Reißverschluss der Jacke klemmt und geht kaputt, haufenweise Klamotten auf dem Fußboden, Schritte nähern sich, und sein Herz klopft wie verrückt.

Nein, nein, nein!

Er darf jetzt nicht nach Hause kommen!

In der Tür hält Martin ruckartig inne. Andreas steht wie erstarrt in seinem Zimmer. Die Kommodenschubladen liegen kreuz und quer auf dem Fußboden. Dazwischen schwarze T-Shirts, Socken und Jeans. Andreas hat nur eine Unterhose und Papas alte Lederjacke über dem Pullover an. Der Reißverschluss ist im Eimer.

Andreas starrt zu Boden.

»Ich habe bloß etwas gesucht«, murmelt er.

Martin lehnt sich an den Türrahmen und guckt sich die Lederjacke genauer an.

»Sie steht dir«, sagt er nach einer Weile. »Du kannst sie behalten. Wenn du willst.«

Mit einer heftigen Bewegung reißt Andreas sich die Jacke vom Leib. Der Reißverschluss ratscht ihm die Wange auf. Er drängt sich an Martin vorbei, rennt in sein Zimmer und schlägt die Tür zu.

MARTIN GEHT AUF der beleuchteten Laufstrecke zum Hafen. Eigentlich ist das ein Umweg, weil sich die Route drei Kilometer durch den Wald schlängelt, aber es ist so schön, wie die Sonnenstrahlen durch die dichten Tannen dringen und im Schnee glitzern. Bald wird man hier die Loipe anlegen, und dann wird es im ganzen Wald von Typen wimmeln, die keuchend für den Vasalauf trainieren. Besser, man nutzt diesen Weg, solange man ihn für sich allein hat.

Es ist schön, als Erster Spuren in frischem Schnee zu hinterlassen. Allein die beleuchtete Loipe entlangzuwandern, während alle anderen in der Schule sind oder arbeiten oder schlafen.

Ganz allein ist er allerdings nicht. Hinter ihm kommt jemand angelaufen. Er wirft einen Blick über seine Schulter, als sie vorbeijoggt.

»Hallo, Martin!«

Rote Wangen, ein roter Trainingsanzug und eine Wolke heller Haare, die unter der dünnen Mütze hervorlugen. Es dauert einen Augenblick, bis er sie erkennt. Mari Lahti, die Ärztin von Andreas.

»Hallo.«

Mari rennt nicht weiter. Sie begleitet ihn zum Hafen. Hin und wieder rudert sie mit den Armen, um sich warm zu halten.

»Ist es nicht anstrengend, zu joggen, wenn es geschneit hat?«

Mari lächelt.

»Doch«, sagt sie. »Es kostet mehr Kraft. Aber eigentlich gefällt mir das.«

Martin lächelt zurück. Im Krankenhaus hatte sie einen weißen Kittel mit Namensschild und Foto an. Jetzt sieht sie ganz anders aus.

»Bist du auf dem Weg zur Schule?«

»Nein.«

»Du bist im gesellschaftswissenschaftlichen Zweig, oder? Fühlst du dich wohl dort?«

Er zuckt die Achseln.

»Die anderen in meiner Klasse haben vor allem Partys und ihren Führerschein und gute Noten und solches Zeug im Kopf.«

Er verstummt. Nur der knirschende Schnee unter ihren Füßen und Maris immer noch etwas schwere Atemzüge sind zu hören. Er ist nicht der Typ, der gleich eine Geschichte ausspuckt, wenn man ihn etwas fragt. Die Fragen von Erwachsenen zielen meistens darauf ab, sich in einen hineinzubohren, Teile des schwarzen Himmels herauszureißen, ans Licht zu zerren und genau zu betrachten.

Er sieht Mari an, studiert ihr Profil unter der Kapuze und denkt plötzlich, dass sie nicht so gefragt hat. Woher er das weiß? Er hat einfach das Gefühl, als gehe es um etwas anderes.

»Die Lehrer sagen meistens genau das, was in den Büchern steht«, fährt er fort. »Der Unterricht bringt also nicht viel. Außer Philosophie. Das ist das beste Fach überhaupt. Welches war dein Lieblingsfach, als du noch zur Schule gegangen bist?«

»Zeichnen«, sagt Mari.

»Ich dachte, du würdest Biologie sagen. Du bist doch Ärztin.«

»Nee, Bio habe ich gehasst. Inzwischen finde ich es interessant.«

Sie sind jetzt schon am Hafen. Eine dünne Eisschicht bedeckt das Wasser. Eine, die man leicht durchbrechen kann, wenn man einen Stein daraufwirft.

Mari geht in die Hocke und blickt über die Hafenanlagen.

»Es sieht schön aus mit dem Eis«, sagt sie. »Alle jammern über den Winter, aber ich mag ihn. Je kälter, desto besser.«

»Das finde ich auch.«

Vielleicht müsste er ihr böse sein. Seit zwei Jahren versucht sie, Andreas zu heilen, doch es hat nicht das Geringste gebracht. Vielleicht gibt sie sich keine Mühe. Möglicherweise ist es ihr nicht so wichtig, wer lebt und wer stirbt. Sie bekommt ständig neue Patienten.

Er setzt sich neben sie. Dass seine Jeans nass wird, ist ihm egal. Er sehnt sich danach, das Eis mit dem Fuß zu testen. Obwohl er weiß, es würde sofort brechen.

»Wie lange dauert es noch? Bis er stirbt, meine ich.«

Mari erstarrt.

»Schwer zu sagen. Sein Zustand ist …«

Mitten im Satz hält sie inne und sieht ihn lange und prüfend an. Als könnte sie herausfinden, was sie darauf antworten soll, indem sie ihm in die Augen guckt. Er weicht ihrem Blick nicht aus.

»Ein paar Monate. Vier vielleicht. Die Krankheit ist jetzt ziemlich weit fortgeschritten. Die Medikamente sind nicht dazu da, Andreas wieder gesund zu machen, sondern ihm die Schmerzen zu nehmen.«

»Vier Monate. Bis das Eis taut.«

»Denkbar. Genau kann man es nicht wissen.«

Sie wirkt besorgt. Als könnte er jeden Moment aufstehen und weglaufen. Als wäre ihr gerade eingefallen, dass sie gegen die Dienstvorschriften verstoßen hat.

»Es ist okay.« Er schluckt. »Es ist okay für mich.«

MARTIN NIMMT EINE der Hintertüren. Die Flure sind lang, Backsteinwände und gelbe Schranktüren, in die Schüler ihre Initialen und Sehnsüchte eingeritzt haben. Klebstoffreste, abgeblätterte Farbe und Bleistiftstriche.

Mit drei großen Schritten geht er die Treppe hoch und öffnet die Tür zum Klassenzimmer einen Spalt. Der Philosophielehrer hält einen dicken Stift in der Hand. Er hat ZEIT an die Tafel geschrieben und eingekreist. Sein Gesicht ist abgewandt, noch hat er Martin nicht bemerkt.

Martin schließt die Tür hinter sich und setzt sich geräuschlos. Die anderen in der Klasse machen das Gleiche wie immer: Sie notieren sich etwas, kauen an ihren Nägeln und warten. Trommeln mit den Fingern auf ihren tragbaren CD-Playern herum, die auf den Tischen liegen.

»Nichts hindert die Seele so sehr an der Erkenntnis Gottes wie Zeit und Raum. Wisst ihr, wer das gesagt hat?«

»Meister Eckart«, sagt Martin einfach so. »Ich sehe das allerdings anders.«

Der Philosophielehrer lässt seinen Blick durchs Klassenzimmer wandern. Als er ihn entdeckt, leuchten seine Augen.

»Ah ja, du bist anderer Ansicht. Du meinst also, Zeit und Raum hindern dich vor allem daran, pünktlich zu meinem Unterricht zu erscheinen?«

Martin grinst zurück.

Die Schüler der Klasse A drehen sich seufzend um. Er weiß, was sie denken.

Typisch Martin. Typisch Martin, zwanzig Minuten zu spät zu sein, eine unmögliche Frage beantworten zu können und die Augen des Lehrers zum Leuchten zu bringen. Er ist einer, der immer davonkommt.

In der Pause geht Martin in die Cafeteria und setzt sich auf das Fensterbrett. Es riecht nach Pizza aus der Mikrowelle, verschiedenen Parfüms, Snus und Stress. Und schwarzem Johannisbeertee für zwei Kronen. Er stellt seinen braunen Plastikbecher ab.

Viktor und Daniel aus seiner Klasse und zwei Jungs aus der Parallelklasse sitzen auch hier. Viktors CD-Player liegt mitten auf dem Tisch. Feierlich lässt er seine Kopfhörer herumgehen, damit jeder eine halbe Minute von dem Lied hören kann.

»Die hat der Plattenladen erst vorgestern reinbekommen«, sagt er. »Ist das nicht tierisch gut?«

Daniel nickt und versucht, das Booklet aus der Hülle zu schieben.

»Pass auf, Mensch«, sagt Viktor.

»Kann ich mal hören?«, fragt Martin.

Viktor blickt auf, greift nach den Kopfhörern und reicht sie ihm. Während das Lied läuft, beobachtet er ihn.

»Ziemlich gut.« Martin nimmt die Kopfhörer ab.

»Das ist nicht mein bestes Album«, sagt Viktor schnell. »Aber ziemlich gut, was?«

»In zwei Wochen ist ein Konzert«, sagt Martin, drückt seinen Pappbecher zusammen und zielt auf den Papierkorb. »Im Magazin. Ultrarapid.«

»Da müssen wir hin«, sagt Viktor. »Ist doch klar.«

Martin springt vom Fenstersims herunter und setzt sich

neben Viktor an den Tisch. Er erzählt, dass der Bassist von Ultrarapid zwar in Stockholm lebt, aber von hier stammt.

»Alle wohnen jetzt in Stockholm«, sagt Viktor. »Hier wohnen nur Skilangläufer und Automechaniker.«

»Und Leute, die Schneepflug fahren«, sagt Daniel.

»Und wir«, sagt Martin. »Was habt ihr nach der Schule vor?«

»Eishockey spielen.«

»Später, meine ich.«

»Äh.«

In dieser Stadt gibt es zwei Arten, jung zu sein. Entweder man haut ab, oder man bleibt. Die Leute reden über nichts anderes.

»Und du?«, fragt Viktor. »Du haust ab, oder?«

Wie soll man so etwas wissen? Er hat sich nie danach gesehnt, in den Zug nach Stockholm zu steigen. Wenn im Winter in den Fernsehnachrichten aus Stockholm berichtet wird, ist der Schnee dort total grau. Nicht nur im Zentrum, sondern überall. Und die Nächte sind auch grau, wegen der Beleuchtung.

Er will nicht in einer grauen Stadt leben. Er will weißen Schnee und schwarze Nächte.

Dabei wünscht er sich ziemlich oft fort von hier. Dann möchte er hinausrennen in den Schnee und nie wieder zurückkommen.

Nur laufen. Wie Mari.

Plötzlich fühlt er sich ganz leicht. Und fröhlich. Seltsam. Nur weil er zufällig die Ärztin von Andreas beim Joggen getroffen hat. Weil sie nebeneinandergestanden und gesehen haben, wie sich die Sonne in der ersten dünnen Eisschicht spiegelt. Oder vielleicht, weil er zwischen Viktor und Daniel sitzt, die reden und reden und fragen und fragen. Sie wollen alles wissen, über die Musik, die er hört, und wie er Gitarre spielen gelernt hat und warum er nicht in einer Band ist und auf welchen Konzerten er schon war.

Es könnte so einfach sein. So wie jetzt könnte es immer sein. Er könnte mit Viktor und Daniel befreundet sein. In der Cafeteria Pizza essen und über neue Alben reden.

Aber es ist unmöglich.

Er ist nicht wie sie.

Sie denken, im Leben ginge es nur darum, für Klassenarbeiten zu lernen und Bier zu trinken und Musik zu hören und zu ficken und den Führerschein zu machen und Eishockey zu spielen.

Er hat andere Sachen im Kopf. Unsichtbare Brüder, zum Beispiel, und Lieder, die eingefangen werden müssen, und schwarze Himmel. Andere Himmel.

Das würden sie nie begreifen.

Ihm fällt auf, dass von den Typen aus der Parallelklasse schon lange keiner mehr etwas gesagt hat. Als er noch auf der Fensterbank saß, haben sie munter drauflosgeplappert, doch nun sind sie ein Stück weggerückt. Sie scheinen gar nicht mehr mit den anderen an einem Tisch zu sitzen.

Es ist nach wie vor hell. Vor dem Fenster glitzert die Sonne im Schnee. Martin hebt seine Tasche vom Boden auf.

»Wo willst du hin?«, fragt Viktor. »In fünf Minuten geht es weiter.«

»Ich schwänze.«

Viktor fingert grinsend an seiner Snusdose herum.

»Gehst du nach Hause?«

»Nein. Zum Strand.«

»Ich scheiß auch auf Englisch«, sagt Viktor. »Ich komme mit.«

»Was hatten denn Björn und Anton aus der B-Klasse?«, fragt Martin, als er und Viktor durch den Museumspark gehen.

»Nichts, wieso?«

»Sie sind ein Stück weggerückt, als ich mich dazugesetzt habe.«

Viktor zuckt mit den Schultern, wirbelt mit dem Fuß etwas Schnee auf.

»Jetzt antworte!«

Viktor dreht sich hastig um.

»Na und? Es sind nicht alle so beeindruckt von dir, wie du glaubst. Manche sind anscheinend genervt.«

Martin zwingt sich zu einem Lächeln. Man darf es ihm nämlich auf keinen Fall anmerken. Dass es ihm nicht egal ist, was Björn oder Anton oder irgendjemand in der Schule über ihn denkt. Sollen sie doch denken, was sie wollen!

»Aber ich nicht«, fügt Viktor rasch hinzu.

»Schon okay. Sie können mich gerne hassen.«

Später am Strand wurmt es ihn allerdings doch. Diese Blicke und was sich dahinter verbarg. Nach Hass sah das nicht aus. Auch nicht nach Feindseligkeit oder Neid. Ihre Augen wirkten kühl. Als ob er nichts Besonderes wäre.

Das wäre das Allerschlimmste. Wenn sie ihn nicht hassen würden. Wenn er ihnen einfach egal wäre.

Sie gehen den Strand entlang und werfen Steine auf das Eis. Große Steine hinterlassen Löcher. Kleine rutschen über die glatte Oberfläche.

Eis-Spiegel.

Eis-Schwänzen.

»Wie sieht es eigentlich aus?«, fragt Viktor. »Bei deinem Bruder, meine ich?«

Eis-Strand.

Eis-Viktor.

»Gut«, sagt Martin.

»Im Ernst jetzt. Er ist ziemlich krank, oder? Einer aus meiner Eishockeymannschaft hat eine kleine Schwester, die sagt, dass dein Bruder nie zur Schule kommt.«

»Die soll sich um ihren eigenen Scheiß kümmern. Natürlich geht Andreas zur Schule.«

Viktor verstummt. Es war trotzdem mutig von ihm. Die meisten würden sich nicht trauen, Martin *danach* zu fragen.

Er mag Viktor. Zwar ist er nicht der Hellste, aber er wagt es, ernsthaft nachzufragen. Er tut nicht so, als sei alles in Ordnung, so wie die anderen in der Klasse. Als ob diese Sache verschwinden würde, wenn man nicht darüber redet.

»Als Andreas und ich klein waren, sind wir kurz vor der Eisschmelze hierhergekommen, wenn es windig war. Wir sind auf den Schollen rumgehüpft, bis sie geknackt haben. «

»Hm.«

»Es sind vielleicht noch vier Monate.«

Jetzt ist Dezember. Eins, zwei, drei, vier.

»Also April«, sagt Viktor.

Martin beugt sich hinunter und hebt einen großen Stein auf. Er wiegt ihn in der Hand, bevor er ihn wegschleudert. Der Stein dringt ins Eis ein wie eine Kanonenkugel.

»Der April muss ein absolut beschissener Monat zum Sterben sein. Da fängt doch alles neu an.«

ANDREAS WEISS GENAU, wie Martin aussieht, wenn er lügt. Obwohl er nur die eine Hälfte seines Gesichts erkennen kann, weil die andere vom Kulturteil der Tageszeitung verdeckt wird, kapiert er, dass hier etwas nicht stimmt.

»Leg die Zeitung weg, Martin, bitte! Können wir nicht zusammen frühstücken und uns unterhalten wie eine normale Familie?«, hat Mama gerade gefragt und auf diese hilflose Weise von Martin zu Andreas und von ihm zu Papa geschaut.

»Ich lese.« Martin blickte nicht einmal auf.

Andreas hat Mitleid mit Mama. Sie sind doch keine normale Familie! Andreas weiß es, Martin weiß es, und Mama muss es auch irgendwann begreifen. Manchmal ist sie wie ein kleines Kind. Ein dickköpfiges Kindergartenkind, das nicht einsehen will, dass die Wirklichkeit kein Bilderbuch ist.

Mama hat es noch einmal versucht.

»Wir wollen Oma zum Mittagessen einladen. Andreas möchte dieses leckere Zitronenhähnchen machen. Oder nicht, Andreas?«

»Hm«, sagte Andreas.

»Ich gehe zu Sara.«

Da war die Lüge. Mama hat allerdings gar nicht gemerkt, dass es gelogen war. Sie hat nur tief geseufzt und noch mehr Zucker in ihren Kaffee geschüttet.

Als Martin mit der Gitarre auf dem Rücken das Haus verlässt, versteckt sich Andreas hinter der Gardine im Wohnzimmer. Martin biegt am Spielplatz rechts ab, wie Detektiv

Andreas feststellt. Wenn man zu Sara oder ins Zentrum will, muss man nach links.

Detektiv Andreas wird klar, was für ein miserabler Detektiv er ist. Er hat keine Ahnung, wo Martin hinwill. Auf jeden Fall ist er nicht auf die Ich-geh-zu-Sara-Lüge hereingefallen, wie Mama und Papa. Er hat nicht vor, ihnen etwas davon zu sagen.

Es fühlt sich an, als würden er und Martin jetzt ein Geheimnis teilen. Nie im Leben würde er das kaputt machen.

DER MANN MIT dem Hund sieht ihn misstrauisch an, denn er nutzt die Gelegenheit, das Haus zu betreten, als die Tür aufgeht. Er hat mehr als eine halbe Stunde warten müssen, bis jemand an ihrem Aufgang rein- oder rauswollte.

Im Hauseingang riecht es nach einer Mischung aus Bratfett, Zigarettenrauch und Putzmittel. Hinter der Tür steht ein kaputter Kinderwagen. Vom Treppengeländer blättert die Farbe ab.

Lövåsgata 16 D, dritter Stock.

Vielleicht wird sie wütend. Weil er einfach so zu ihr nach Hause kommt. Vielleicht stört er, weil die Familie sich gerade zum Essen hingesetzt hat. Oder sie arbeitet, Ärzte haben ja wechselnde Schichten.

Fast hofft er, dass sie nicht zu Hause ist. Dann kann er achselzuckend kehrtmachen. Er schluckt. Schließlich drückt er auf die Klingel. Sein Herz klopft, obwohl er die Treppen gar nicht hinaufgerannt ist.

Mari kommt mit einem Bratenwender in der Hand an die Tür. Sie trägt ein gestreiftes Shirt und hat die Haare achtlos zu einem Pferdeschwanz zusammengebunden.

»Ui, Martin«, sagt sie. »Hallo.«

Die Worte winden sich in seinem Mund. Er muss schnell etwas sagen.

»Ich wollte was fragen. Wegen Andreas.«

Ihre Hand liegt auf der Türklinke. Sie sieht ihn mit einem rätselhaften Gesichtsausdruck an.

»Eigentlich ist es nicht okay, wenn Patienten und Angehörige einfach bei mir klingeln. Das ist nicht …«

»Verstehe«, sagt er, bevor sie den Satz beendet hat. »Ich wollte nicht stören.«

Er dreht sich ruckartig um, sein Gesicht unter der Kapuze fühlt sich rot und so heiß an, als würde es gleich schmelzen. Angehörige. Ein hartes Wort, das sich unter seine Haut bohrt. Als ob er ohne Andreas ein Niemand wäre.

Er ist schon fast unten, als er ihre Stimme von den Wänden im Treppenhaus widerhallen hört.

»Das ist nicht so wichtig. Du kannst gerne einen Moment reinkommen.«

Im Flur schlägt ihm der Geruch nach Verbranntem entgegen. Mari flucht auf Finnisch und rennt mit erhobenem Bratenwender in die Küche. Er hängt sorgfältig seine Jacke auf einen Bügel. Langsam geht er in die Küche. Mari schabt mit einer Gabel die Panade von ein paar Fischstäbchen.

»Vielleicht kann man sie noch essen.« Sie wirft einen skeptischen Blick in die Bratpfanne. »Mit Brot und Salat. Hast du Hunger?«

Sie legt einen Topflappen auf den Tisch, stellt die Pfanne darauf und einen Teller mit dunklen Brötchen daneben.

Er bemerkt, dass sie graue Augen mit kleinen Sprenkeln darin hat. Zum wahrscheinlich ersten Mal findet er etwas Graues schön.

»Was wolltest du denn fragen?«

Während er einen großen Bissen vom Brot abbeißt, fällt ihm wieder ein, wie sie ihn im Treppenhaus genannt hat. *Angehöriger.* Plötzlich hat er überhaupt keine Lust mehr, über Andreas zu reden.

»In meinem Kopf herrscht totale Leere«, sagt er. »Ich weiß es nicht mehr.«

»Andreas kann gut kochen.«

Er hat keine Ahnung, warum er das sagt, er muss einfach daran denken. Am Wochenende kocht Andreas oft.

»Das hat er gar nicht erzählt«, sagt Mari.

»Er spricht nie über Sachen, die er gut kann. Und er traut sich nie, etwas zu machen, was er nicht gut kann. Obwohl er Lust darauf hätte.«

»Was, zum Beispiel?«

»Graffiti. Skateboard fahren. Gitarre spielen. Sich mit Leuten unterhalten. Sichtbar sein.«

Jetzt redet er doch über Andreas. Es ist merkwürdig, dass jemand, der so wenig auffällt wie Andreas, so viel Raum einnimmt. Er füllt das ganze Zimmer aus, obwohl er gar nicht hier ist. Vielleicht ist das seine Rache. Wenn er andere schon nicht dazu bringen kann, ihn zu mögen, kann er wenigstens dafür sorgen, dass sie ständig an ihn denken.

»Entschuldige«, sagt Mari. »Ich habe den Waschkeller reserviert. Ich muss schnell runter und eine Maschine einschalten.«

Sie schlüpft in ihre Hausschuhe.

»Bin gleich wieder da!«, ruft sie, bevor die Wohnungstür ins Schloss fällt.

Es hat etwas Verbotenes an sich, allein in einer fremden Wohnung zu sein. Alles anzusehen. Das Klo. Die Küche. Das Wohnzimmer. Im Wohnzimmer steht eine Tür einen Spalt offen, dahinter muss sich ihr Schlafzimmer befinden. Er kann ein ungemachtes Bett und ein proppenvolles Bücherregal erkennen.

Seine Hände würden am liebsten die Bücher und CDs aus dem Regal ziehen, er will wissen, was sie liest und was sie für Musik hört. Allerdings erscheint ihm das noch verbotener. Im Flur lehnt die Gitarre an der Wand. Er muss etwas mit seinen Händen machen.

Als Mari mit dem leeren Wäschekorb in der Wohnzimmertür steht, ist der letzte Akkord noch nicht verklungen. Eigentlich müsste es ihm nicht unangenehm sein, er weiß, wie gut er spielt. Aber wie lange hört sie schon zu?

Mari kommt ins Zimmer. Sie sieht selbst ein bisschen peinlich berührt aus.

»Weißt du was? Ich habe wahnsinnige Lust bekommen, zu malen, als ich dich spielen gehört habe.«

»Du malst?«

Mari beißt sich auf die Lippe.

»Manchmal«, antwortet sie zögernd. »Wenn ich Zeit habe.«

Er streicht über die Maserung der Staffelei. Vor lauter Staub wird seine Fingerkuppe ganz grau.

»Du hast schon lange keine Zeit mehr gehabt, was?«

Mari antwortet nicht. Sie beugt sich nach vorne und wischt mit dem Ärmel über die Staffelei. Dann dreht sie sich lächelnd zu ihm um.

»Ich gucke mal schnell nach der Wäsche.«

Als Mari endlich zurückkommt, ist sie außer Puste und hat rote Wangen. In der Hand hält sie eine Papiertüte von einem Farbengeschäft. Sie lässt die Tuben auf den Tisch kullern. Schwarz, Weiß, Rot, Gelb. Den Kassenzettel, der auch aus der Tüte flattert, steckt sie hastig in die Hosentasche.

»War sie noch nicht trocken?«

Mari sieht ihn an, als hätte er etwas vollkommen Unverständliches gesagt.

»Die Wäsche.«

»Ach, die.« Prüfend nimmt sie die rote Tube in die Hand, drückt sanft zu. »Nein. Noch nicht ganz.«

DIE WEISSE LEINWAND ist wie ein Segel zwischen ihnen aufgespannt. Jedes Mal, wenn er von der Gitarre aufblickt, flackert Maris Blick, als hätte er auf irgendetwas geruht und wäre plötzlich gestört worden.

Mitten im Lied kommt er raus und schlägt den falschen Akkord an. Die Töne klingen fremd, fehl am Platz. Ein Schmetterling, der sich vollkommen verirrt hat.

Seine Wangen glühen. So schlecht hat er seit Langem nicht mehr gespielt. Hastig sieht er in Maris Richtung. Ihr scheint nichts aufgefallen zu sein. Vom Pinsel tropft rote Farbe. Auch das hat sie offenbar nicht bemerkt.

Die Flugbahn ihres Blicks befindet sich irgendwo oberhalb seines Kopfes. Ihre Augen saugen das Licht auf, das durch das Fenster fällt, und versenken sich dann wieder in die Farbpalette.

Nach einer Weile hält er das Jucken am ganzen Körper und das Rasen seiner Gedanken nicht mehr aus. So kann er sich unmöglich auf die Musik konzentrieren.

»Darf ich mal sehen?«

»Und du bist nicht sauer? Weil ich dich gemalt habe, ohne dich zu fragen?«

Er schüttelt den Kopf und wendet den Blick dabei nicht vom Bild ab.

»Wo hast du gelernt, so zu malen?«

»Zu Hause.«

»Und wo ist das?«

»In einem kleinen Ort in Ostkarelien.«

Mari zieht einen schweren Atlas aus dem Regal und schlägt ihn auf dem Fußboden auf. Sie blättert darin, bis sie Finnland findet, und kreist mit dem Zeigefinger ein paar Dörfer ein, die sich gegen die russische Grenze stemmen. Maris Dorf ist ein auf dem grünen Hintergrund kaum zu erkennender schwarzer Punkt.

»Wie lange hast du dort gewohnt?«

»Bis ich achtzehn war.«

Martin tippt auf einen größeren Punkt auf der anderen Seite des Bottnischen Meerbusens. Die Stadt, aus der er kommt. Wo sich das Mietshaus in der Lövåsgata befindet. Zwischen seinem und Maris Finger liegen zehn Zentimeter. Mari ist zehn Zentimeter von seiner Heimatstadt entfernt aufgewachsen.

»Erzähl mir, wie es war.«

»Was?«

»In diesem Dorf.«

»In diesem Dorf stehen überall hellgrüne Birken herum. Ich hatte eine Lehrerin, die wie eine Eule aussah. Sie hat uns Benachrichtigungen für die Eltern mitgegeben, auf denen stand: *Mari ist zu spät gekommen, Mari hat ihre Hausaufgaben nicht gemacht.* Ich hatte die Hausaufgaben nicht gemacht! Was hatte ich stattdessen getan? Unter den Birken gestanden und gedacht: Ich scheiße auf euch. Hatte mich an einen Baumstamm gelehnt und in mein neues Notizbuch gemalt, wie das Wasser von den Blättern tropfte, direkt in meinen Mund. Meine Mutter lag mir immer in den Ohren: Geh raus zum Spielen, Mari! Stell dich nicht dumm, Mari!

Sie hatte panische Angst vor der Eule, den Weibern aus dem Dorf und davor, was die Kinder in meiner Klasse ihren Müttern erzählten. Als ob es das Schlimmste im Leben wäre, wenn über einen getratscht wird. Als hätte sie sich selbst ständig mit anderen Augen gesehen: Lehrerinnenaugen, Klatschweiberaugen. Als ich klein war, dachte ich, das Dorf hätte Augen.«

Mari sitzt mit ausgestreckten Beinen auf dem Fußboden. Sie wackelt mit den Zehen, hat ein Loch in der Socke.

Martin sieht in ihre grauen, gesprenkelten Augen. Wenn ich Sara nicht hätte und auch an die vierzig wäre, würde ich mich bestimmt in dich verlieben, denkt er.

SARA BLEIBT MIT dem Telefonhörer in der Hand stehen und betrachtet ihn von allen Seiten. Vielleicht stimmt etwas nicht mit ihm, er könnte zum Beispiel einen Riss haben. Oder warum sonst kommen nur Lügen heraus?

»Ist Martin da?«, hat sie gefragt.

»Er meinte, er sei mit dir verabredet«, hat Martins Mutter gesagt.

»Wirklich?«

Und sie dachte, Martin würde nie lügen. Sie selbst lügt hin und wieder ein bisschen. Natürlich nur bei Kleinigkeiten. Wenn etwa ein Mädchen aus ihrer Klasse sie fragt, wie sie ihre neue Frisur findet, sagt sie, hübsch, auch wenn sie ihr nicht gefällt. Oder sie erzählt ihren Eltern, sie ginge ins Kino, obwohl sie eine Flasche Wein in der Tasche hat und auf eine Party will. Sachen, die man eben sagt, um Ärger zu vermeiden. Aber Martin macht das nie. Er sagt entweder die Wahrheit oder gar nichts. Deshalb bleibt sie eine ganze Weile regungslos stehen, nachdem seine Mutter aufgelegt hat.

Es ist so ein Samstag, der einem zwischen den Fingern zerrinnt. Sara sitzt in ihrem Zimmer auf dem Drehstuhl. Sie dreht ein paar Runden, feilt sich die Nägel, isst eine Birne, liest eine Seite im Biologiebuch, lackiert sich die Nägel rosa. Malt aus Versehen einen rosafarbenen Strich auf die Tischplatte. Hinter den knorrigen Apfelbäumen im Garten versinkt die Nachmittagssonne. Sie geht nicht raus, weil sie es sonst nicht hört, wenn Martin anruft.

Natürlich weiß sie, dass sie sich benimmt wie ein Mädchen in einem Film aus den Sechzigerjahren. Eine dumme Gans, die am Fenster sitzt, sich die Nägel feilt und auf den Anruf irgendeines Typen wartet. Es sind die Neunziger, bald beginnt ein ganz neues Jahrtausend, niemand verhält sich mehr so. Jemand, der Sara nicht kennt, würde denken, sie spinnt und sollte sich schnellstens eine Zeitmaschine besorgen oder eine Freundin anrufen. Jemand, der Sara nicht kennt und nicht kapiert, dass sie eine exzellente Schauspielerin ist. Dass sie alles total unter Kontrolle hat. Wenn sie das Mädchen aus den Sechzigern spielen will, tut sie es einfach. Man kann sich eine Rolle aussuchen, genauso wie man sich Sachen zum Anziehen aussucht. Wenn man auf eine Beerdigung geht, schlüpft man in die schwarze Anzughose. Zum Tanzen streift man das rote Kleid über. Wenn man den ganzen Tag allein zu Hause ist, läuft man in der Schlafanzughose herum. Und wenn man Liebe spielt, braucht man die richtige Haltung. Und rosa Fingernägel und ein unzerstörbares Lächeln.

Als sie die Klingel hört, rast sie in den Flur. Martin steht auf dem kleinen Absatz vor dem Haus und klopft sich den Schnee von den Stiefeln. Sein Mund fühlt sich eiskalt an.

»Wo warst du?«

»Bei einer Künstlerin.«

»Wo?«

»Bei der Ärztin von Andreas.«

»Ich dachte, bei einer Künstlerin.«

»Man kann doch beides sein.«

Sara will nicht nerven. Sie nimmt seine Hand und zieht ihn ins Haus. Schaltet die rote Lavalampe auf dem Schreibtisch ein, die einen sanften Schimmer auf den Fußboden wirft. Bald wird der Lavaklumpen in ihrem Innern zum Leben erwachen und im Glasbehälter auf und ab fließen.

Seine Finger unter ihren Fingern. Die abgewetzte Nagelhaut, die Saiten, die in die Haut geschnitten haben. Sie streckt die Hand nach der Ringelblumensalbe aus, aber Martin zieht seine Hand weg.

»Das ist nicht nötig.«

Er legt die Hand an seine Wange.

»Ich mag die Risse«, sagt er. »Ich finde sie schön.«

Sara lässt die Dose auf den Teppich fallen. Sie kippt um und kullert in die Ecke.

»Die Ärztin von Andreas ist also eine Künstlerin?«, fragt sie spöttisch. »Und du bist bei ihr gewesen. Warum hast du zu deinen Eltern gesagt, dass du zu mir gehst?«

Einen Moment lang sieht es so aus, als würde Martin erstarren. Eine gewisse Unsicherheit in seinen Augen. Als wäre er auf frischer Tat ertappt worden, ohne sich vorher einen Fluchtplan überlegt zu haben. Allerdings nur einen Moment. Dann ist der normale, unerschütterliche Blick wieder da.

»Weil ich das vorhatte. Ich bin doch gekommen.«

Er küsst sie. Saras Mund ist noch immer voller Fragen, aber sie schluckt sie hinunter.

IN DER SCHULBIBLIOTHEK hat Andreas einen Stammplatz. Ganz hinten neben den Zeitungsständern steht ein runder Tisch mit drei roten Sesseln. Er setzt sich auf den einen, stellt den Rucksack auf den zweiten und hängt die Jacke über den dritten. Nicht dass irgendjemand die Absicht hätte, ihm Gesellschaft zu leisten, aber es soll so aussehen, als *wollte* er wirklich allein sein. In der Bibliothek ist es okay, allein zu sein. Hundertprozentig normal. Nicht wie in der Mensa oder in der Cafeteria, wo die Einsamen auffallen wie bunte Hunde.

Sie haben Sport, da braucht er nie dabei zu sein. Diejenigen, die ihre Sportsachen vergessen haben oder erkältet sind, müssen auf der Bank sitzen und zuschauen, wie die anderen Basketball oder Völkerball spielen, nur für ihn gibt es Spezialregeln. Er darf während des Sportunterrichts machen, worauf er Lust hat.

Das ist verdammt schwierig. Was tut man, wenn man als Einziger machen kann, was man möchte?

Er legt sein Religionsbuch und eine Apfelsine auf den Tisch. Am Freitag schreiben sie eine Arbeit über die Weltreligionen. Da kann er sich ruhig noch ein bisschen vorbereiten. Er bohrt seine Fingernägel in die Apfelsine, bis er zum weichen Fleisch vordringt. Sorgfältig pult er die weiße Haut ab.

Im Hinduismus betrachtet man die Zeit als Kreis und nicht als Linie. Das erscheint ihm in gewisser Hinsicht einfacher. Wenn er vor dem Sommer stirbt, wird er wiedergeboren werden. Vielleicht hat er schon mehrmals gelebt, bevor er als Andreas auf die Welt gekommen ist. Dann wäre sein Leben nur eines von vielen, und es wäre nicht so schlimm, dass er es verliert.

Es hört sich jedenfalls besser an, als zum Beispiel in den Himmel zu kommen. Womit würde er sich dort die Zeit vertreiben? Eine Betonwand mit einem riesigen Graffito verzieren, auf Partys gehen, Gitarre spielen lernen? Nein. Das wäre sicher ein Flop. Mit solchen Sachen beschäftigen sich alle anderen, während sie leben. Nur Andreas muss damit warten, bis er tot ist.

Das Kapitel über das Christentum steht ganz vorne im Buch. Er blättert es schnell durch, das meiste hat er im Konfirmandenunterricht gelernt.

Im Mai hatte die ganze Konfi-Gruppe ein Wochenende auf einem alten Seminarhof verbracht, wo einem die Sonne in die Augen schien und der Strand von Schilf umgeben war. Einige fuhren Kanu, andere sprangen vom Badesteg in das eiskalte Wasser und spritzten sich kreischend gegenseitig nass.

Andreas saß neben der Pastorin auf den Klippen und unterhielt sich ein bisschen mit ihr. Das fühlte sich gut an. Mit Erwachsenen ins Gespräch zu kommen, ist ihm nie schwergefallen. Er nutzte die Gelegenheit, um ihr ein paar Fragen zu stellen, die er im Konfirmandenunterricht für sich behalten hatte. Die anderen hätten sie womöglich bescheuert gefunden.

»Ist Gott immer im Himmel?«

Als er es laut aussprach, klang es noch dämlicher als in seinem Kopf. Doch die Pastorin lachte nicht. Sie zeigte stattdessen auf das Wasser und ließ ihre Hand über den rauen Fels gleiten.

»Gott ist hier«, sagte sie. »Gott ist überall. Auch in dir, Andreas.«

Was für ein Scheiß!

Damals hatte er bereits begriffen, dass nichts ihn jemals wieder gesund machen würde. Die Medikamente waren nur dazu da, seinen Tod noch eine Weile hinauszuschieben.

Er erinnert sich, was ihm durch den Kopf ging, während er aufstand, auf den schwankenden Schwimmsteg hinausging und die Wellenbewegungen unter seinen Füßen spürte.

Wenn Gott in mir ist, muss er ein Monster sein.

Nein, er glaubt keiner Pastorin. Er glaubt an gar nichts. Religion ist Zeug, das man für eine Klassenarbeit paukt. Das bringt einen vielleicht in der Schule weiter, aber nicht in der Wirklichkeit.

Andreas isst den letzten Spalt von seiner Apfelsine auf und schleckt sich die Finger ab. Einen nach dem anderen. Sie schmecken süß und klebrig.

Er steckt das Religionsbuch wieder ein. Es ist bald zwei, die anderen stehen wahrscheinlich schon unter der Dusche. Oder sie sind gerade dabei, die gesamte Umkleide mit Axe zu vernebeln.

In einer Viertelstunde geht der Unterricht weiter. Englisch oder Mathe, er weiß es nicht genau.

Er zieht einen Bleistift aus dem Außenfach seines Rucksacks und hält den Daumen an die Mine. Sie ist so spitz wie eine Stecknadel.

Dann schreibt er quer zur Maserung auf den Holztisch:

3 DINGE, DIE ICH TUN WERDE, BEVOR ICH STERBE.

Er kaut auf dem Stift. Seine Zähne versinken im weichen Holz. Kleine gelbe Farbkrümel bleiben an seinen Lippen kleben.

1. MARTIN SAGEN,
   WAS FÜR EIN IDIOT ER IST.
2. MARTIN SAGEN,
   DASS ICH IHN LIEB HABE!
3. ETWAS TUN, DAS BLEIBT,
   WENN ICH NICHT MEHR DA BIN.

Er sieht sich in der Bibliothek um, um sicherzugehen, dass ihn niemand beobachtet hat. Außer der Bibliothekarin, die am Tresen zurückgegebene Bücher sortiert, drei Siebtklässlern, die mit Gruppenarbeit beschäftigt sind, und einem Grundschüler hinter einem Buch über Dinosaurier ist niemand zu entdecken.

Andreas starrt die dünne Bleistiftschrift an, bis er Kopfschmerzen bekommt. Dann leckt er seinen Zeigefinger an und wischt die Liste wieder weg. Als er über den Schulhof geht, flimmert sie silbern vor seinem inneren Auge.

Er kann es sich nicht verkneifen, mit Anlauf über den niedrigen Spielplatzzaun zu springen, wie er das als Grundschüler immer gemacht hat. Mit den behandschuhten Händen formt er einen Schneeball und wirft ihn gegen den grünen Maschendrahtzaun, der den Basketballplatz umgibt. Mit einem *Klonk* trifft er und fällt auf den Boden.

Jetzt hat er einen Auftrag. Bevor er ihn ausgeführt hat,

kann er nicht sterben. Plötzlich fühlt er sich wie in einem Film, als hätte er magische Kräfte und wäre Spiderman oder Batman oder …

Der andere Andreas.

Er muss über sich selbst grinsen, während er seinen Schrank öffnet, die Jacke aufhängt und das Mathebuch herausholt.

Was auf der Liste steht, wird er schaffen. Alle drei Dinge.

Der andere Andreas wird ihn nicht enttäuschen.

SCHLANGENLINIEN MIT DEM Fahrrad auf schneematschigen Straßen, eiskalte Luft in den Lungen. Viktor hat eine Hand am Lenker und in der anderen eine Bierflasche. Martin sitzt auf dem Gepäckträger, und Viktor dreht sich hin und wieder um und ruft ihm oder Daniel etwas zu. Es ist reines Glück, dass sie es ohne Sturz schaffen. Auf dem letzten Stück bergab hält Martin die kalte Bierflasche. Seine Finger werden taub.

Das Magazin liegt ein wenig außerhalb in einem alten Industriegebiet. Man geht eine Treppe hinunter und gelangt in ein kleines Foyer, wo man seine Jacke abgibt und einen roten Stempel auf die Hand kriegt. Der Boden besteht aus schwarz lackierten Brettern, auf denen kreuz und quer Kabel liegen. Die Decke ruht auf acht Pfeilern, in die Liebeserklärungen, Bandnamen und Flüche hineingeritzt worden sind. Das Magazin ist der einzige Ort in dieser Stadt, der anders ist. Ein Vorgeschmack auf eine andere Welt voller Bässe, die man im ganzen Körper spürt, Gitarrensoli und Scheinwerfer.

Heute Abend hängt über dem Eingang ein blaues Plakat. ULTRARAPID steht dort in großen Buchstaben. Auf dem Foto presst der Sänger seine Lippen an das Mikrofon.

Viktor plappert drauflos, während er und Daniel ihre Fahrräder an einen Laternenpfahl anschließen.

»Das wird ein verdammt gutes Konzert! Ich habe mit meiner Schwester gesprochen, sie kennt den Bassisten. Wisst ihr, dass die schon fast einen Plattenvertrag haben?«

Sie geben ihre Jacken ab, bezahlen und bekommen rote Stempel. Mit dreizehn, vierzehn trug man sie wie Trophäen, die von den Klassenkameraden, die noch nicht ins Magazin durften, neidisch beäugt wurden.

Im Raum ist es heiß und eng, obwohl das Konzert erst in einer halben Stunde beginnt. Viktor und Daniel drängeln sich ganz nach vorne, sie bohren sich mit ihren Ellbogen in die Menschenmenge. Martin lehnt sich an einen Pfeiler und wartet.

»Warum spielst du nicht im Magazin?«

Plötzlich geht ihm diese Pause vor zwei Wochen durch den Kopf. Die leuchtenden Augen, mit denen Viktor zuhörte, die Pappteller mit der Pizza und der tragbare CD-Player zwischen ihnen. Es war nicht so schlimm, keine Antwort zu geben, Viktors Mund füllte sich rasch mit neuen Fragen.

Was hätte er darauf antworten sollen? Dass manche Träume so zerbrechlich sind, so zart, dass man glaubt, sie gehen kaputt, wenn man laut darüber redet? Dass er das Gefühl hat, seine Musik handelt immer nur von Andreas? Seine Gitarre verwandelt die Trauer in Töne. Wäre es nicht seltsam, damit aufzutreten?

Er ist nicht wie die Jungs von Ultrarapid, die auf Tournee gehen und hinter der Bühne Bier trinken, während sie auf das richtige Licht warten und auf die Uhr gucken, bis es endlich zehn ist. Er spielt nicht für die Scheinwerfer, den Applaus, das verschwitzte Glück. Er spielt, um nicht kaputtzugehen.

Aber irgendwann …

Rotes Licht fällt auf das Schlagzeug auf der Bühne und wird von den Becken reflektiert. Irgendwann will er mit seiner Levin auch dort stehen. Ohne Band. Nur er und seine Gitarre. Und um ihn herum die Metallschmetterlinge.

Als Ultrarapid die Bühne einnimmt, verwandeln sich alle Stimmen in eine einzige Stimme, die den Namen der Band schreit. Der Sänger hat lange Haare und rote Fingernägel, die sich vom Mikrofon abheben. Er sieht nicht die Leute vor der Bühne an, sondern lässt seinen Blick durch den Raum schweifen und bleibt bei Martin hängen. Dann fängt er an zu singen.

Ein Lied nur für Martin.

Als wenn er und der Sänger die Einzigen hier wären. Seine Stimme ist tief und ein wenig heiser, sie ist wie eine Waffe.

Wenn ich irgendwann auf einer Bühne auftrete, werde ich es genauso machen, denkt Martin. Ich werde für jemanden spielen, der allein etwas weiter hinten steht, und nicht für die, die sich an die Bühne quetschen.

»Dieses Lied habe ich geschrieben, als ich achtzehn war und in den Ferien in einem Altenheim gejobbt habe«, sagt der Sänger.

Seine Lippen berühren das Mikrofon, als er im Flüsterton davon singt, wie er eine Tür öffnet und dahinter einen alten Mann tot in seinem Bett findet.

There was nothing wrong with his heart
There was nothing wrong with his legs

Martin schließt die Augen und sieht das Zimmer vor sich. Die weißen Wände, auf dem Nachttisch die Medikamentenbecher neben einem gerahmten Foto vom Enkelkind, auf dem Fensterbrett ein Strauß Tulpen. Und der alte Mann reglos in seinem Bett.

Die Instrumente verstummen, nur noch das Schlagzeug ist dumpf im Hintergrund zu hören.

Er schreit:
He died because nobody touched him
He died because nobody touched him
Das Lied trifft Martin wie eine Cruise-Missile und explodiert in seinem Körper. Er weiß genau, was die Ärzte sagen, er kennt ihre Worte auswendig, aber als der Applaus das letzte Gitarrensolo überlagert, ist ihm alles klar. Andreas stirbt, weil ihn niemand berührt.

Viktor fährt im Stehen, das Fahrrad kämpft sich ruckartig den Berg hinauf. Viktor ist stark. Bei jedem Tritt spannen sich unter der Jeans seine Eishockeymuskeln an.

Auf der geraden Strecke lässt Martin den Gepäckträger los. Er streckt die Arme aus und lässt sich den Wind auf die Brust wehen. Zählt die Sekunden zwischen den Straßenlaternen, eins, zwei, drei …

Eine Bushaltestelle mit zerschlagenen Scheiben flimmert vorbei, dann eine Abzweigung zu einem Wohngebiet hinter hohen Kiefern. Die Häuser graue Kolosse, in einigen Stockwerken brennt Licht.

Er braucht die Strecke von einer Lampe zur nächsten, um sich zu entscheiden. Er klopft Viktor auf die Schulter.

»Du kannst mich hier absetzen.«

Als Viktor bremst, schlingert das Fahrrad auf dem fest zusammengepressten Schnee.

»Was willst du hier? Wohnt Sara dort drüben?«

»Nee. Ich will nur kurz jemandem Hallo sagen.«

Viktor zieht die Augenbrauen hoch. Sie verschwinden unter der Mütze.

»Dann sehen wir uns Montag.«

Auf steif gefrorenen Beinen stakst er durch das Kiefernwäldchen. Vor Aufgang D des mittleren Hauses bleibt er stehen. Es ist halb zwölf. Im dritten Stock brennt Licht. Er gibt den Code ein und macht im Hausflur das Licht an. Nun rennt er die Treppen hoch, indem er jeweils drei Stufen auf einmal nimmt.

Drei Treppen lassen einem ziemlich viel Zeit zum Nachdenken.

Man hat Zeit zu denken: Vielleicht hat sie Besuch. Vielleicht ist sie mit jemandem zusammen, der in einer anderen Stadt wohnt und nur am Wochenende zu Besuch kommt. Vielleicht lässt sie immer das Licht an, wenn sie schläft.

Er schluckt. Dann klingelt er.

ALS MARI DIE Deckenlampe einschaltet, leuchtet ihnen das halb fertige Bild entgegen.

Martin streckt die Hand aus und berührt vorsichtig das Gesicht auf der Leinwand. Es fühlt sich rau und verbeult an.

»Ich hatte ganz vergessen, wie viele verschiedene Farben es waren«, sagt er. »Nicht einmal die Haare sind ganz schwarz. Woher kommt all das Gelb?«

»Das ist das Licht. Begreifst du nicht, dass nichts vollkommen schwarz sein kann?«

Er erzählt von dem Konzert im Magazin. Von den Laseraugen und der Waffenstimme und den roten Fingernägeln des Sängers.

Mari pustet lächelnd in ihre Teetasse.

»Du wirst eines Tages auf einer großen Bühne spielen.«

»Woher weißt du das?«

»Ich weiß es einfach.«

Martin trinkt den Tee in großen Schlucken. Heiß und honigzart. Er sieht sich im Zimmer um. Auf dem Sofa liegt eine leere Schokoladenschachtel, das goldene Einwickelpapier ist über den Tisch verstreut. Auf dem Flickenteppich balanciert ein gewagter Turm aus Büchern, deren Titel ihm nichts sagen. Vielleicht ist es eine Skulptur.

An den Wänden hängen Reproduktionen von Gemälden eines bekannten Künstlers, dessen Namen er vergessen hat. Es scheint jedoch kein einziges Bild zu geben, das Mari selbst gemalt hat. Was sie wohl damit macht? Verkauft sie ihre Werke, oder stellt sie sie irgendwo unter?

»Zeigst du mir noch mehr Bilder von dir?«

Mari antwortet nicht. Sie bläst nur weiter in die geblümte Teetasse. Dann stellt sie den Becher auf den Tisch.

»Mari?«

»Ich habe schon sehr lange nicht mehr gemalt.«

Während der Tee kalt wird, erzählt sie ihm von Mari, der Künstlerin. Sie tauchte irgendwann unter den Birken in Karelien auf. Sie wohnte mit ihren Eltern in dem gelben Haus mitten im Dorf. Ihr Vater war Vorarbeiter im Wald. Er spazierte wichtig herum und passte auf, dass alle richtig sägten. Ihre Mutter hatte ängstliche Augen und Hände, die nach Putzmittel rochen. Mari, die Künstlerin, hatte kurze blonde Haare, Pinselfinger und die schnellsten Beine der Welt.

Als sie älter wurde, kauften sich die Mädchen in ihrer Klasse neue Kleider und Schuhe, um mit Jungs tanzen zu gehen, die längst mit der Schule fertig waren. Aber sie nicht. Undenkbar! Für so etwas hatte sie keine Zeit. Sie rannte die Schotterwege im Dorf hinauf und hinunter. Und malte, malte, malte. Sie wollte sich an der Kunsthochschule in Helsinki bewerben.

Eines Tages in ihrem letzten Jahr auf dem Gymnasium saß sie am Küchentisch und trank ein Glas Milch. Ihre Mutter wischte den Tisch mit einem feuchten Lappen ab, rieb ihn trocken und putzte die Spüle, das Fensterbrett und noch einmal den Tisch. Im Grunde hatte sie die Hände ihrer Mutter immer nur in Bewegung gesehen. Papas geäderte Arme ruhten schwer auf der Tischplatte. Er räusperte sich intensiv.

»Hast du dich schon an der Universität beworben?«

Einen Moment hing der feuchte Lappen schlaff in Mutters Hand, dann schrubbte sie wieder die Fensterbank. Mit dem Rücken zum Küchentisch, um nicht mit anzusehen, was sich dort zusammenbraute.

»Ich habe nicht vor, mich an der Universität zu bewerben. Ich will malen.«

Sie erinnert sich, wie es sich anhörte, als Vater langsam seinen Stuhl nach hinten schob und aufstand. Als er die Pappschachteln mit ihren Pastellkreiden gegen die Wand warf. Wie die Kreiden zerbrachen und über den Küchenboden kullerten. Die Farben trockneten später ein. Mutter rieb jahrelang mit dem Lappen darüber und bekam sie dennoch nicht weg.

Vaters Finger, die ihren Kiefer in die Zange nahmen. Der Blutgeschmack im Mund.

»Du wirst Ärztin, verdammt noch mal. Kapierst du das? Die da«, er zeigte mit dem Daumen auf Maris Mutter, die gerade einen Blumentopf polierte, »kann kaum schreiben, und ich durfte auch nicht auf die Oberschule. Aber du sollst eine richtige Ausbildung haben und dich nicht mit dieser Schmiererei abgeben.«

Mari lächelt, um ihm zu verstehen zu geben, dass sie nun nichts mehr erzählen will. Sie sind wieder im Jetzt, auf dem Sofa in der Wohnung in der Lövåsgata 16 D.

»Wohnst du deshalb hier?«

Mari sieht ihn nachdenklich an.

»Ich meine, obwohl du Ärztin bist. Die meisten Künstler verdienen wahrscheinlich nicht so viel Geld. Du lebst in dieser Wohnung, weil du das auch getan hättest, wenn du Künstlerin statt Ärztin geworden wärst. Eine Art Aufruhr gegen deinen Vater.«

Mari zieht beim Nachdenken ihre Stirn in Falten. Als sie ihn ansieht, ist ihr Gesicht wieder glatt, doch er kann die feinen Linien darin noch immer erkennen.

»Ich bin gerne Ärztin«, sagt sie. »Ich habe gelernt, meinen Beruf zu mögen. Der Unterschied ist gar nicht so groß. Als Künstler und als Arzt versucht man ja, etwas Wichtiges zu tun. Man sorgt dafür, dass ein Kind gesund wird, oder man erschafft ein Kunstwerk, das die Leute auf neue Ideen bringt.«

Martin nickt.

»Kannst du Träume deuten?«

Wieder runzelt Mari die Stirn.

»Wie meinst du das?«

Er holt tief Luft. Als sie ihm von Mari, der Künstlerin, erzählte, hatte er das Gefühl, sie verrate ihm ein Geheimnis. Jetzt will er ihr eins mitteilen. Eins, von dem bisher niemand weiß. Weil es ihm gerecht vorkommt. Sie gibt ihm ein Teil von sich, und er gibt ihr ein Teil von sich zurück. Damit man gleich viele Teile hat.

Er erzählt von den grauen Engeln in seinem Traum. Wie sie zu ihm sagen, er sei schuld daran, dass Andreas sterben muss. Und wie sie ihn zur Strafe ebenfalls töten wollen.

»Andreas hat …«, beginnt Mari.

»Ich weiß, er hat diese Krankheit«, fällt er ihr ins Wort. »Doch das spielt keine Rolle. Sie sind trotzdem der Meinung, es sei meine Schuld. Nicht, dass er stirbt, sondern … dass er allein ist. Weil ich nicht der tollste große Bruder und beste Freund der Welt bin, solange es noch geht. Verstehst du das? Ich will es nicht. Ich will mich nicht anstecken.«

»Ich verstehe. Aber es ist nicht ansteckend.«

»Nein, die Krankheit nicht, bloß dieses Grau. Der ganze

Andreas ist grau. Wenn ich mit ihm zusammen bin, habe ich das Gefühl, genauso zu werden.«

Mari legt ihre Hand auf seine. Er schiebt seine Finger zwischen ihre. Gitarrenfinger zwischen Pinselfinger.

»Andreas stirbt, weil keiner ihn berührt«, sagt Martin leise. »Das begreift nur niemand.«

ALS MARTIN UND Sara aufwachen, ist es dunkel. Nicht stockduster, aber es dämmert. Der Himmel zwischen den Lamellen ist rot-grau. Im Haus ist es vollkommen still.

Martin guckt auf den Radiowecker. Vierzehn-dreiundzwanzig. Sein Kopf ist schwer und matschig.

»Ein Sonntag im Bett.« Sara lächelt. Sie streicht mit den Fingerspitzen seinen Rücken hinunter. Er strampelt die Bettdecke weg und stellt die Füße auf den Boden.

Irgendetwas juckt in seinem Innern. Er weiß nicht, was es ist. Nur hat er immer das Gefühl, mit Sara würde ihm die Zeit wie Sand durch die Finger rinnen. Es kotzt ihn an, wenn er in diesem stickigen Zimmer aufwacht und der halbe Tag schon vorbei ist und Sara mit Sicherheit keine größeren Pläne hat, als lange zu duschen, ausgiebig zu frühstücken und vielleicht einen alten Film im Fernsehen zu sehen.

Er geht zum Fenster und öffnet es weit. Lässt die kalte Luft hereinströmen und atmet sie tief ein.

»Mach das Fenster zu! Es ist scheißkalt«, beklagt sich Sara und verschwindet unter der Decke.

Ihr blondes Haar hebt sich schimmernd vom Laken ab. Sie ist so verdammt schön. Noch ganz verschlafen in ihrem Spitzenhöschen und dem großen schwarzen T-Shirt. Irgendetwas stimmt anscheinend nicht mit ihm. Er wünschte, sie würde sich aufsetzen und sagen, sie hätte heute etwas Wichtiges zu tun. Sie würde sich hastig anziehen, ihm einen Kuss auf die Wange drücken und ihn allein lassen.

Er hasst die Sarazeit, die ihm durch die Finger rinnt, während der Tag vor dem Fenster allmählich von Rot-Grau in Grau-Schwarz übergeht. Plötzlich empfindet er so intensiv, wie sehr er das alles hasst. Als er seine Hand auf den Brustkorb presst, spürt er sein Herz heftig klopfen. Er bleibt in der Kälte stehen, schließt die Augen und bemüht sich, seine Gesichtszüge in den Griff zu bekommen. Ich liebe sie, denkt er. Liebe, liebe, liebe sie.

Am Küchentisch mustert Sara ihn von der Seite.

Warum rührt er in seinem Tee, obwohl er gar keinen Zucker hineingetan hat?

Warum sitzt er ganz vorne auf der Stuhlkante, als ob er jeden Augenblick davonlaufen wollte?

Warum sieht er nicht sie an, sondern aus dem Fenster?

Im Herbst, als sie gerade zusammengekommen waren, hat er sie keine Sekunde aus den Augen gelassen, hat sie ununterbrochen angeguckt. Geguckt und geguckt hat er. Er hatte die klarsten Augen auf der Welt, und sie konnte nicht genug davon bekommen, sich darin zu spiegeln.

Jetzt scheint er direkt durch sie hindurchzusehen. Als ob sie gar nicht da wäre. Welcher andere Typ würde die ganze Zeit aus dem Fenster glotzen, wenn sie, Sara, ihm gegenübersäße?

Sie streicht sich durchs Haar, ihre Finger gleiten mühelos hindurch. Es gibt keine Kletten, an denen sie hängen bleiben könnten. Natürlich nicht! All diese Dinge, zerzaustes Haar, schlechten Atem und Sand in den Augenwinkeln, hat sie schon lange in Ordnung gebracht.

Wenn sie bei Martin übernachtet, oder er bei ihr, wacht

sie früh auf und schleicht sich ins Badezimmer. Sie putzt sich die Zähne, kämmt sich und wäscht ihr Gesicht mit lauwarmem Wasser. Sie beugt sich über das Waschbecken und wünscht der verschlafenen Sara-im-Spiegel leise einen guten Morgen.

Meistens bleibt sie vor dem Spiegel stehen, bis ihr kalt wird. Anschließend geht sie zurück ins Zimmer, kuschelt sich unter die Daunendecke und schläft wieder ein. Wenn sie dann ein zweites Mal wach wird, kann sie so viel schlaftrunkenen Sex haben, wie sie will, ohne sich sorgenvoll zu fragen, ob sie wohl eklig aus dem Mund riecht oder gerade jetzt nicht wie *Sara the most beautiful girl in the world* aussieht.

Martin kann sich auf die Seite legen und ihr in die Augen sehen. Ewig.

Sie wickelt sich eine lange Strähne um den Zeigefinger und zieht die Schlinge fest. Martin hat aufgehört, in seiner Teetasse zu rühren. Er starrt noch immer aus dem Fenster.

Es liegt an ihr, durchfährt es Sara. An dieser Künstlerin-Ärztin, die Andreas nicht heilen kann. Sie hat irgendetwas mit Martins Blick gemacht, weshalb sie sich nun nicht mehr darin spiegeln kann.

»Hast du wieder diese Künstlerin getroffen?«

»Sie heißt Mari.«

Aha, Mari heißt sie also. Das ist Sara doch scheißegal! Krampfhaft versucht sie, sich das einzige Mal ins Gedächtnis zu rufen, als sie Martin zu Andreas ins Krankenhaus begleitet hat. Vor ihrem geistigen Auge flackern jede Menge weiße T-Shirts und Kittel mit Namensschildern vorbei, doch weil sie so schnell vorüberrauschen, kann sie die Namen nicht lesen und sich an kein einziges Gesicht erinnern.

Von der Station hat sie nur solche Dinge wie den Wagen mit dem Essen in Erinnerung behalten, den eine Schwester vor sich herschob, und dass Andreas den Fisch mit Kartoffeln und Erbsen kaum angerührt hat. Das Gestell für den Tropf. Ein Zimmer, in dem blaue Sofas und ein Fernseher standen. Im Regal Comics und Spiele.

Sie entwirft im Kopf ihr eigenes Bild von Mari. Wie sieht eine Künstlerin aus, die gleichzeitig Ärztin ist? Sie muss alt sein, bestimmt schon dreißig, denn ein Medizinstudium dauert ewig. Ihre Haare sind genauso lang wie die von Martin. Mittelblond, wie bei der Hälfte der schwedischen Bevölkerung. Ihre Kleidung ist voller Farbflecken, aber unter dem weißen Kittel sieht man das nicht. Sie schminkt sich nicht. Sara wird nie so werden wie sie.

»Was hast du heute vor?«, fragt sie. »Wir könnten Mousse au Chocolat machen. Oder ein Video ausleihen?«

Martin steht auf und räumt den Geschirrspüler ein. Vor dem Fenster glitzert der Schnee im Schein der Straßenlaterne.

Mousse au Chocolat. Videos. Kissenschlachten, heftiges Knutschen und Sex auf dem Sofa. All das erscheint ihm plötzlich wie ein Zeitvertreib. Warum will sie die Zeit mit ihm vertreiben? Er will seine lieber nutzen.

Denn es ist Februar, und in gut zwei Monaten taut es. Andreas, denkt Martin, Andreas, du Idiot, ich hoffe wirklich, dass du dir dein hässliches Skateboard geschnappt hast und damit allein losgezogen bist. Dass du genau-in-diesem-Moment über die Bordsteinkante am Ende der Kungsgata springst. Doch du bist bestimmt irgendwo mit Mama und Papa unterwegs, hast sie wahrscheinlich zum Großeinkauf oder irgendeiner anderen sinnlosen Sache begleitet. So viel zum Thema Zeitvertreib!

Sara ist ebenfalls aufgestanden und schraubt das Marmeladenglas zu. Sie sieht plötzlich so verletzlich aus, ihre hellblauen Augen sind offen und ernst.

Ich habe sie in der Hand, geht es ihm auf einmal durch den Kopf. Ihr größter Wunsch ist, dass ich sie liebe. Warum ausgerechnet ich? Sie hat mich gefragt, was ich heute machen will, und nun wartet sie auf meine Antwort.

Diese hellblauen Augen. Sie soll nicht so aussehen, als würde sie auf dem Boden zerspringen, wenn er sie losließe.

Was, wenn die Liebe zu Sara endet? Wenn es bei ihrem Anblick nicht mehr in ihm pocht? Was wird dann passieren?

Er stellt die Teekanne ab und legt ihr seine Hand in den Nacken, zieht sie an sich und küsst sie. Die Zerbrechlichkeit verschwindet auf der Stelle. Sara presst sich an ihn, und es pocht überall.

»Heute nicht.«

Sara schiebt ihn weg. Sie greift nach dem Strickpulli, der über der Stuhllehne hängt, und zieht ihn sich hektisch über den Kopf.

»Willst du lieber zu ihr?«

»Wen meinst du?«

»Na, wen wohl? Diese Künstlerin. Wissen deine Eltern eigentlich, mit wem du dich triffst? Weiß Andreas davon?«

»Was ist los mit dir?«

»Mit mir? Du bist doch derjenige, der total verrückt geworden ist.«

»Wieso denn?«

Sara rümpft die Nase.

»Du merkst es nicht einmal.«

Sie steigt in ihre Stiefel und zieht mit einem Ratsch den Reißverschluss ihrer Daunenjacke hoch.

»Du.« Er streckt die Hand nach ihr aus, aber sie hat sich tief in ihrer Daunenhülle verkrochen, deshalb erreicht er ihren Arm nicht.

In der Tür dreht sie sich um.

»Ich mache eine Party. Wenn meine Eltern nach Stockholm fahren.«

»Toll.«

Sein Lächeln reicht nur für einen Mundwinkel.

Er sitzt mit der Gitarre auf dem Schoß auf dem Bett. In seinem Kopf hält Sara die Augen beim Küssen geschlossen. Mit ihm muss wirklich etwas nicht in Ordnung sein. Er ist lieber allein und schreibt Lieder über Saraliebe, als tatsächlich Zeit mit ihr zu verbringen.

Während der letzte Akkord verebbt und der letzte Schmetterling mit spitzen Flügeln aus dem Loch flattert, hält er den Atem an. Saras Augen werden wach und wild, und ihr Haar ist zerzaust wie nach einem langen Lauf. Maris Gesicht dehnt Saras Haut aus und dringt durch ihre Poren. Die hellblauen Augen werden grau. Ein feinmaschiges Netz aus Lachfältchen umgibt sie.

Er atmet aus und schnappt nach Luft.

Über dieses Lied hat er keine Kontrolle, es macht einfach, was es will. Er schließt die Augen, denkt an Mari, ihr Lächeln und an die Geschichte von Mari, der Künstlerin, der er stumm gelauscht hat.

Dass sie ihn ernst nahm, als er von seinem Traum erzählte.

Dass sie nicht die verständnisvolle Erwachsene gespielt hat, wie Mama oder die Sozialpädagogin in der Schule.

Durch das geöffnete Fenster kommt kalte Luft herein, darum zieht er die Ärmel über die Hände. Je kälter, desto besser, sagte Mari, als sie unten am Hafen standen und die frische Eisschicht betrachteten.

Jetzt ist das Eis schon zehn Zentimeter dick. Die Wattwürmer liegen eingerollt darunter und warten.

SIE SITZEN NUN um sein Bett herum; Mama, Papa und Mari Lahti. Mama und Papa stellen Fragen, und Mari antwortet: Andreas muss zur Beobachtung hierbleiben. Genaueres können wir noch nicht sagen. Morgen wird er geröntgt.

An der Wand hängt eine Uhr. Andreas zählt jede Bewegung des Sekundenzeigers. Das Donald-Duck-Heft ist auf den Boden gefallen, aber er macht sich nicht die Mühe, es aufzuheben. Sonst müsste er ja das Zifferblatt aus den Augen lassen. Er kennt die Dialoge sowieso auswendig.

»Ihr könnt bei ihm bleiben, wenn ihr wollt«, sagt Mari. »Die Schwester kann gerne zwei zusätzliche Betten reinstellen.«

»Nicht nötig«, sagt Andreas.

Zum ersten Mal seit zwei Stunden macht er den Mund auf. Mama und Papa sehen ihn überrascht an.

»Natürlich bleiben wir«, sagt Mama entschieden. »Ich auf jeden Fall.«

»Nein!«

Wie scharf sein Ton klingt! Er lässt seinen Blick durch den kahlen Raum schweifen. Hat sich etwa der andere Andreas, der von einem Dach aus den Sonnenuntergang beobachtet hat, ins Zimmer geschlichen und an seiner Stelle geantwortet? Es ist niemand zu sehen. Er wusste gar nicht, dass sich seine Stimme so anhören kann. Er beschließt, es gleich noch einmal zu probieren:

»Ihr könnt morgen wiederkommen.«

Mama öffnet den Mund, sie will ihm mit Sicherheit widersprechen, doch Papa kommt ihr zuvor.

»Das muss Andreas selbst entscheiden.«

Als sie ihre dicken Jacken angezogen haben und sich auf den Weg zur Tür machen, bleibt Mama noch einmal stehen und streicht ihm übers Haar. Ihr Gesicht ist so nah. Sie riecht aus dem Mund nach Klinikkaffee und hat Wimperntusche unter den Augen.

Fass mich nicht an, dröhnt es in ihm. *Fass mich nicht an, fass mich nicht an.* Im Gegensatz zu Martin schafft er es allerdings nicht, den Kopf wegzudrehen.

Er kann ihr enttäuschtes Gesicht nicht aushalten. Das tut zu weh. Martin verletzt sie mit seinem vernichtenden Blick und seinem lässigen Schweigen schon genug. Wenn Andreas es genauso machte, würde sie vor Verzweiflung durchdrehen.

Manchmal denkt Andreas, dass Mama die Empfindlichste ist, obwohl doch er krank ist. Er muss sich um sie kümmern. Papa fehlt die Kraft dazu, und Martin ist vollauf damit beschäftigt, Gitarre zu spielen und den *poet of pain* zu mimen. Also muss Andreas ihre Hand halten, mit ihr fernsehen und literweise selbst gemachten Himbeersirup trinken.

Meistens macht ihm das nichts aus. Es gefällt ihm, dass sie ihn braucht. So kommt er sich nämlich viel älter als fünfzehn vor. Doch an anderen Tagen erscheint es ihm ungerecht. So wie jetzt, zum Beispiel. Er zwingt sich, sie anzulächeln, obwohl er nur noch in Ruhe gelassen werden will.

Es ist seltsam, denkt er. Ich bin derjenige, der sterben muss, und trotzdem ist es meine Aufgabe, Mama zu trösten und vorsichtig herauszufinden, ob heute ein Tag ist, an dem man

Martin etwas sagen darf, oder ob man sich heute in ein Insekt verwandelt, wenn man nicht die Schnauze hält.

Mari bleibt im Türrahmen stehen. Hat sie die Veränderung in seiner Stimme bemerkt? Ist ihr die neue Schärfe aufgefallen? Er mag ihr Lächeln, sie ist nicht so wie die anderen im Krankenhaus, die ihn nur mit traurigen Augen und ernsten Mienen anschauen. Wenn Mama und Papa nicht hingucken, lächelt sie ihn hin und wieder an. Dann verschwindet ihr Arztgesicht, und sie sieht aus wie ein normaler Mensch. Obwohl sie ihn schon in seinen hässlichsten Momenten gesehen hat, schwitzend, kotzend und aufgedunsen, scheint sie ihn nicht abstoßend zu finden. Ihr Lächeln wirkt ehrlich und neugierig. Als hätte sie in ihm noch jemanden entdeckt, jemanden, der sich unter seinem grauen Jogginganzug oder vielleicht sogar unter seiner Haut versteckt und laut und deutlich Nein sagen kann.

Der andere Andreas!

Der Mut hat, der nicht den Blick senkt, der auf Dächer steigt und über Rampen fährt und daran zu denken wagt, dass er sterben wird, der sogar laut darüber spricht, damit die ganze Welt begreift, dass es kein komisches Geheimnis ist.

Er ist jetzt dieser Andreas. Damit er keine Angst zu haben braucht. Damit er nicht allein sterben muss.

Als Mari gegangen ist und die Schwester Saft und Brote gebracht und Donald Duck aufgehoben hat, stellt Andreas sich ans Fenster. Er stützt die Ellbogen auf die Fensterbank und blickt in den Himmel.

Das Licht ist ganz gelbrot. Es sieht aus wie eine Flüssigkeit, die über die Dächer fließt. Dahinter breitet sich die Stadt mit ihren Hochhäusern, Niedrighäusern, den Straßen, dem Hafen und dem Meer aus. Da das Krankenhaus auf einem Hügel liegt, kann man weit sehen. Fast bis nach Hause.

Ein Vogel hebt von einem First ab und fliegt hinauf in den Himmel. Eine Weile scheint er regungslos in der Luft zu stehen, doch dann flattert er in Richtung Wasser.

Eine Möwe.

Schreimöwe.

Um diese Jahreszeit sieht man sie selten, die Möwen. Sie fliegen zwar nicht nach Süden wie einige andere Vögel, aber sie ziehen sich zurück und sind fast nie zu hören. Sie wollen sich in dieser Kälte nicht die Stimme kaputt machen und schonen lieber ihre Kräfte.

Er lässt sich unter dem Fenster auf den Boden sinken, lehnt den Kopf an die Wand und hofft, es kommt jetzt keine Krankenschwester herein, um seinen Blutdruck zu messen oder sich zu erkundigen, ob er noch etwas trinken möchte, und die sich Sorgen macht, weil er auf dem Boden sitzt und nicht im Bett liegt. Er könnte ja hingefallen sein.

Vielleicht möchte er hier sitzen, okay? Das Schlimmste im Krankenhaus ist, dass man nichts tun kann, ohne gefragt zu werden, wie es einem geht. Man kann noch nicht einmal eine Weile auf dem Boden sitzen.

Eine Möwe, denkt er.

Den Himmel gibt es nicht. Der ist nur dieses gelbrote Licht über den Dächern, jedoch kein Ort, an den man nach dem Tod gelangt. Engel gibt es ebenfalls nicht. Nur als hässliche Glitzerlesezeichen, die man in den ersten Schuljahren tauscht. Es gibt auch keine Gespenster. Vielleicht gab es sie, als er noch klein war, aber jetzt nicht mehr.

Doch Möwen gibt es.

Wenn ich sterbe, will ich eine Möwe werden, denkt er. Eine Schreimöwe, die über die Dächer schwebt. Das will ich werden.

ER VERSUCHT, MARIS Blick aufzufangen. Sie sieht ihn allerdings nicht an, obwohl sie sich genau gegenübersitzen. Er könnte die Hand ausstrecken und den Ärmel ihres Kittels berühren. Doch sie schaut nur Andreas an.

Er ärgert sich darüber, dass er überhaupt mitgekommen ist. Mama war überrascht, als er mit ins Auto gestiegen ist.

»Wie schön, Martin.« Sie zog geräuschvoll die Nase hoch.

Auf der Fahrt zum Krankenhaus wurde er immer wütender. Warum musste sie sich so darüber wundern, dass er sie begleitete?

Mama und Papa sitzen grau und verschrumpelt auf ihren Stühlen. Sie sehen aus wie Fremde. Andreas wirkt so unbeteiligt wie immer, aber als Mari ihn ansieht, lächelt der Mund in dem dicken Gesicht ein bisschen. Als hätten Andreas und Mari ein Geheimnis, von dem weder Mama und Papa noch er erfahren dürften.

Dabei haben doch er und Mari ein Geheimnis!

»**ICH MUSS AUFS** Klo«, sagt er am Auto.

Mama seufzt.

»Wir sind in zehn Minuten zu Hause.«

»Es ist dringend. Ihr könnt ja schon vorfahren, ich komme nach.«

Er nimmt den Fahrstuhl zurück in die Kinder- und Jugendabteilung. Geht am Empfang und am Wartezimmer vorbei und legt seine Hand auf die Klinke. Lautlos drückt er sie hinunter.

Mari sitzt noch vor Andreas' Krankenakte.

»Warum hast du mich nicht mal angeguckt?«

Seine Stimme klingt schriller als beabsichtigt. Maris Blick wirkt hart.

»Du kannst hier nicht einfach reinkommen, Martin«, sagt sie scharf. »Ich hätte einen neuen Patienten haben können.«

»Nicht eine Sekunde! Du hast mich behandelt, als ob ich gar nicht da wäre.«

»Ich fand es unheimlich gut, dass du da warst. Es ist sehr wichtig für Andreas ...«

»Es geht nicht um Andreas!«, unterbricht er sie.

Sie starren sich eine Weile an. Andreas, Mama, Sara; alle anderen werden nervös, wenn er sie so ansieht. Mari nicht. Sie schaut ihm so lange in die Augen, bis es wehtut. Schließlich muss er selbst den Blick senken. Er fällt auf den braunen Hefter auf dem Tisch. Ganz oben stehen Andreas' Name und seine Personennummer. Gestochen scharfe Buchstaben und

Ziffern. Was wird mit der Mappe passieren, wenn Andreas tot ist? Wird man sie wegwerfen, als hätte es ihn nie gegeben?

»Doch«, sagt Mari am Ende. »Natürlich tut es das.«

IN DER NACHT hört er Mama durch die Wand leise schluchzen. Martin schaltet den CD-Player aus.

Er sieht die beiden in ihrem Doppelbett vor sich. Mamas weißes Nachthemd auf dem grauen Bettlaken. Ihr Kopf ruht schwer auf Papas knochigem Brustkorb.

Das Tränenmeer. Die Salzflecken auf dem Kissen. Er kennt niemanden, der so ausdauernd weinen kann wie sie.

»Wollen wir nicht versuchen zu schlafen?«, murmelt Papa auf der anderen Seite. »Ich muss morgen früh raus. Da wollen Leute schon um acht eine Wohnung besichtigen.«

»Deine Scheißwohnungen!«

Mamas Stimme schneidet sich durch die Wand. Zwischen ihren lang gezogenen Schluchzern hört er Papa brummen. Martin kann nicht alle Wörter verstehen, es geht irgendwie darum, dass Andreas seine Eltern vielleicht nicht ständig um sich haben will. Mama weint noch lauter und fragt, wie er jetzt, wo es Andreas viel schlechter geht und überhaupt, so etwas sagen kann.

Es gibt verschiedene Arten, darauf zu warten, dass jemand stirbt. Papas Strategie beinhaltet, Andreas in Ruhe zu lassen. Mama dagegen verfolgt ihn auf Schritt und Tritt mit Himbeersaft und ihren weichen Händen. Andreas' eigene Methode besteht darin, viel zu schlafen, fernzusehen und so zu tun, als ob nichts wäre. Mama und Papa gehören im Übrigen nicht zu den Menschen, mit denen man über den Tod redet. Das scheint Andreas genauso klar zu sein wie Martin.

Die Reihenhausluft ist ganz stickig vor grauem Schmerz, Andreas' Warterei und Mamas und Papas Trauer. Obwohl Martin ständig alle Fenster aufreißt, lässt sich das Grau nie richtig auslüften. Deshalb ist er nie zu Hause. Er muss mit seiner Gitarre und seinem klaren schwarzen Himmel woanders hingehen, denn sich mit diesem Grau anzustecken, wäre das Allerschlimmste. Sie allesamt zu verachten, weil ihr Schmerz grau und nicht schwarz ist, stumpf und nicht messerscharf: Das ist seine Strategie.

Mamas, Papas und Andreas' Pläne samstags am Frühstückstisch: groß einkaufen, einen Ausflug mit dem Auto machen, ins Kino gehen. Ihr hastiges Lächeln, Mamas Hand, die Andreas streift, wenn sie nach der Butter greift. Ihre Münder bewegen sich fast gleichzeitig, wenn sie reden. Über bedeutungslose graue Sachen.

Aber zusammen.

Sie kehren mit den gleichen Blicken aus dem Krankenhaus zurück, sie haben im selben Raum gesessen, als Mari alles erklärt hat. Sie haben Fragen gestellt, und Mari hat geantwortet. Martin ist anders. Er sitzt zwar mit ihnen an einem Tisch, dennoch sind diese Blicke nicht für ihn gedacht.

Diese Blicke, dieses Tasten nacheinander. Es erzeugt ein Kraftfeld, das nur die drei umfasst, ein *Zusammen*, zu dem man nie gehören wird. Es kommt vom Warten im Krankenhaus, von den Ausflügen und den Reihenhausabenden, er weiß es nicht genau, er ist ja nicht dabei.

»Manchmal glaube ich, Martin hasst uns«, sagt Mama. »Uns drei.«

»Hör jetzt auf, Elisabeth.«

Gemurmel und Flüstern und Rascheln und Mamas nackte

Füße auf dem Boden, als sie aufsteht, um sich ein Glas Wasser zu holen, das Rauschen im Bad, die singenden Rohre und dann die Stille.

Nicht immer, denkt Martin. Ich hasse euch nicht immer.

Es gibt eine Art von Liebe, die keiner anderen Liebe ähnelt. Das ist die, für die man sich nicht selbst entschieden hat. Die von allen als selbstverständlich vorausgesetzt wird, weil man jemandes Bruder oder Kind ist. Bei anderen scheint sie sich automatisch zu entwickeln, die lieben ihre Mütter und Väter und Schwestern und Brüder, ohne sich zu fragen, warum.

Weißt du noch, wie wir auf dem Rücken gelegen und in die Wolken geschaut haben, Andreas? Einmal haben wir eine Wolke gesehen, die wie ein Raumschiff aussah. Erinnerst du dich an die Schürfwunden, die blauen Flecken und die Brennnesseln? Und weißt du noch, wie ich dir hinter Omas Sommerhäuschen beigebracht habe, auf den Händen zu laufen?

ANDREAS SITZT IM Volvo auf dem Beifahrersitz. Der Himmel vor dem Fenster ist milchweiß. Papa biegt in die Garageneinfahrt ein und stellt das Auto leicht schräg ab. Der rote Schotter unter den Reifen knirscht. Dann wird es still.

Vor der Abfahrt hat er lange mit Mari gesprochen. Er hat allein mit ihr geredet. Papa musste währenddessen im Fernsehzimmer Kaffee trinken.

»Hast du Angst?«, hat sie ihn gefragt.

»Nein.«

Er hat keine Angst. Seine Gedanken sind so trübe wie der Himmel. Das kommt von den Medikamenten und ist nicht besorgniserregend.

Vielleicht sollte ich auf die Medikamente pfeifen, ging es ihm plötzlich durch den Kopf, als er Mari in dem kleinen Sprechzimmer gegenübersaß. Das hätte Martin gemacht. Er hätte gesagt, er wolle wissen, wie sich Sterben wirklich anfühlt. Oder so etwas in der Art.

»Du bist mutig.«

»Nein.« Andreas wurde rot. Es stimmte doch nicht. In der Schule machte er kaum den Mund auf, wenn er nicht angesprochen wurde. Wenn ihn niemand zu sich heranwinkte, setzte er sich in der Mensa allein an einen Tisch.

Mari sah ihn an. Ihre Augen waren ernst und neugierig zugleich. Er begriff, dass sie wartete, bis er weiterredete.

»Ich habe mich einfach daran gewöhnt«, sagte er schließlich.

Als sie ankommen, ist Martin zu Hause. Während Andreas seine Stiefel abschüttelt und in die Küche geht, hört er Martin durch die Wand spielen. Martin wird sicher ein ganz Großer. Nach dem Abitur zieht er bestimmt nach Stockholm. Er wird auf riesigen Bühnen mit rauchigem Licht auftreten, und man wird die ganze Stadt mit seinem Gesicht plakatieren.

Dort sitzt Mama und stützt den Kopf in die Hände. Vor sich hat sie eine Zeitung und eine Tasse Kaffee, die nicht mehr dampft.

Als sie Andreas erblickt, zuckt sie zusammen. Wahrscheinlich hat sie den Motor nicht gehört. Sie sieht aus, als hätte er sie auf frischer Tat ertappt. Hastig wischt sie sich mit dem Ärmel über die Augen und lächelt ihn mit ihrem verquollenen Gesicht an.

Ärger brandet in ihm auf. Warum denkt sie immer, er wäre so leicht hinters Licht zu führen?

Wie ein kleines Kind.

Er ist immer ein Kind gewesen. Er hat sie zum Pilzesammeln oder zu Oma begleitet und ist freitags abends zu Hause geblieben und hat mit ihr vor dem Fernseher etwas vom Chinesen gegessen.

Nie ist er auf Partys gegangen, nie hat er rumgeknutscht. Und er hat noch nie etwas Gefährliches oder Verbotenes gemacht, was man seiner Mutter hinterher nicht erzählen kann.

Die Musik aus Martins Zimmer verstummt für einen Augenblick, um dann schneller zu werden und sich in einen Hagelschauer zu verwandeln, der Andreas unter die Haut geht. Als stecke ein Sturm, nein, eher ein Orkan in der Gitarre und müsse hinaus.

Er begreift nicht, wie Mama so ungerührt vor ihrem lauwarmen Kaffee sitzen kann, während im Haus ein Orkan tobt.

Arme Mama! Wie wird sie zurechtkommen, wenn er stirbt?

Vielleicht kann er ja mal aus dem Möwenhimmel hinabstoßen, denkt er. Die Möwe Andreas holt Schwung und *zisch* –

»Worüber kicherst du?«

Ein Funken Neugier in Mamas Augenwinkeln.

»Ich musste nur an was denken.«

Andreas greift nach seiner Krankenhaustasche und geht in sein Zimmer. Das Bett ist frisch bezogen, und das Zimmer riecht leicht nach Putzmittel. Die Schmutzwäsche liegt nicht mehr auf dem Boden, und am Fenster steht eine Topfpflanze.

Naserümpfend macht er die Tür hinter sich zu.

Noch ist er nicht tot! Warum räumen die hier auf, bis es aussieht, als wäre sein Zimmer unbewohnt?

Er lässt die Tasche fallen und öffnet das Fenster, um den ekligen Putzmittelgeruch auszulüften.

Der Orkan ist zur Ruhe gekommen. Auf der anderen Seite der Wand klingt die Musik jetzt wie ein rieselnder Regen. Ein Weinen.

Mari hat gesagt, er sei mutig.

Andreas verlässt sein Zimmer. Er lauscht an Martins Tür. Dann drückt er die Klinke hinunter. Steht vollkommen reglos auf der Schwelle und atmet nur.

Das erste Mal. Dass er sich traut, es zu tun: ohne bestimmten Grund in Martins Zimmer zu gehen. Wenn Mama und Papa ihn bitten, Martin zum Essen zu holen, ruft er nur durch die geschlossene Tür.

Erstaunlich, wie einfach es ist. Die Klinke hinunterdrücken. Auf der Türschwelle stehen bleiben. Abwarten, bis man entdeckt wird.

Der Akkord wird in der Mitte abgehackt. Martin blickt hastig auf. Seine Augen sehen wütend aus. Vielleicht glaubt er, Mama stände dort. Sie sei einfach hereingekommen, ohne anzuklopfen.

Als er Andreas erblickt, wechseln seine Augen die Farbe. Sie werden ein wenig heller.

»Was willst du?«

Er sagt es nicht fies. Es bedeutet nicht *Verzieh dich*, sondern eher: *Was willst du? Na, endlich. Bevor es so weit ist.*

Martin legt die Gitarre auf das Bett. Er lässt Andreas nicht aus den Augen.

»Ein bisschen reden.«

Martin lächelt. Nur einen winzigen Moment, aber er hat es gesehen.

»Dann komm doch rein.«

DAS MORGENLICHT SCHEINT ins Klassenzimmer und zeichnet ein Muster auf seinen Tisch. Staub glitzert im Licht.

Er fragt sich, ob die anderen es schon wissen. Vorgestern hat Mama die Klassenlehrerin von Andreas angerufen und ihr mitgeteilt, Andreas käme vermutlich nicht zurück. Diese Stadt ist so klein, dass jeder jemanden kennt, der mit Andreas zur Schule geht.

Der Philosophielehrer sitzt regungslos auf seinem Drehstuhl vor dem Whiteboard. Er sieht aus wie eine alte Statue. Seine Haut ist fast grau. Er wirkt müde, und Martin kann ihn verstehen. Es muss anstrengend sein, seine Mitschüler zum Selberdenken anzuregen.

Als die letzten Nachzügler ihre Blöcke, Stifte und tragbaren CD-Player auf die Tische geknallt haben und kein Gequatsche und keine scharrenden Stuhlbeine mehr zu hören sind, steht der Lehrer langsam auf. Er lehnt sich gegen einen Tisch in der ersten Reihe, an dem niemand sitzt, und lässt seinen Blick durch das Klassenzimmer schweifen.

Es macht den Eindruck, als würde er allen der Reihe nach in die Augen sehen. Im Gegenlicht hat er noch mehr Ähnlichkeit mit einer Statue: der gebeugte Rücken, das Silberhaar, die verkniffenen Lippen.

Einige rutschen unruhig von einer Pobacke auf die andere. Jemand guckt auf die Uhr. Warum sagt er nichts?

»Stellt euch vor, ihr hättet nur noch einen Monat zu leben.«

Aus dem Augenwinkel sieht Martin ein paar seiner Mitschüler zusammenzucken. Mützen und Ponys voller Haarspray tief im Gesicht. Verstohlene Blicke.

Sie wissen es, denkt er. Sie wissen es bestimmt.

»Stellt euch das mal vor«, wiederholt er. »Was würdet ihr dann machen?«

»Nicht mehr zur Schule gehen.«

»Irgendwohin fahren.«

»Mein Konto leer räumen und mit dem Geld eine Reise machen oder so. Oder alles einem Kinderheim spenden.«

»Meiner Familie und meinen Freunden sagen, wie sehr ich sie liebe.«

»Alles machen, was man sich früher nicht getraut hat. Denn wenn man sowieso stirbt, braucht man keine Angst zu haben.«

Zwischen Martin und dem Philosophielehrer hat sich ein Kraftfeld aufgebaut. Die Atmosphäre im Klassenraum verdichtet sich. Kein Laut ist mehr zu hören. Die letzten Vorschläge bleiben einfach im Raum stehen, sie schweben in der Luft wie durchsichtige Vögel.

Martin steht langsam auf. Schiebt wortlos seinen Stuhl an den Tisch, legt sich die Jacke über den Arm.

»Das würdet ihr nicht tun«, sagt er.

Sonst sagt er nichts. Bedächtig schließt er die Tür hinter sich.

Am Fahrradständer sieht er Sara. Sie ist umringt von anderen Mädchen. Eine von ihnen zündet sich im Windschatten der Kapuze eine Zigarette an. Sie bläst einen Rauchring, der vor dem grauweißen Himmel kaum zu sehen ist.

Sara bricht aus der Traube aus und rennt ihm hinterher.

»Morgen ist die Party bei mir«, keucht sie an seine Wange. »Ich habe den anderen gesagt, dass es um acht losgeht, aber du kommst doch früher?«

»Klar.«

Sara tritt einen Schritt zurück. Zwischen ihren Augenbrauen bildet sich eine kleine Falte. Direkt unter der Mützenkante.

»Was ist los? Hast du jetzt nicht Unterricht?«

»Nein.«

Er drückt seine kalten Lippen auf ihre. Schiebt seine Hand unter den Kragen ihrer Daunenjacke. Sie gibt einen kleinen Schrei von sich.

»Du bist eiskalt!«

»I know.«

Hundepisse hat den Schnee am Straßenrand gelb gefärbt, die Autoreifen hinterlassen braune Spuren. Ich sehne mich nach Schnee, denkt er. Der frisch und sauber vom Himmel fällt.

Als er am Bahnhof vorbeikommt, wirft er einen Blick auf die große Uhr an der Wand. Zehn nach elf. Vielleicht ist Andreas inzwischen aufgewacht.

Hinter dem gelben Backsteingebäude liegen die Gleise und schimmern in der Sonne.

Sie erstrecken sich in alle Richtungen. Bis zu den schneeschweren Fichtenwäldern und den Gruben im Norden oder bis nach Stockholm im Süden, und dort kann man umsteigen und fast überallhin fahren. Das muss man sich mal vorstellen. Überallhin!

SARA HAT DIE Stereoanlage im Wohnzimmer eingeschaltet und tanzt bei offener Tür auf dem aprikotfarbenen Kunststoffboden vor dem Badezimmerspiegel.

Sie tanzt wie die Mädchen im Fernsehen und lässt sich selbst dabei nicht aus den Augen. Sara-im-Spiegel und sie sind die besten Tänzerinnen der Welt, ihre Bewegungen sind vollkommen synchron. Sie könnten sogar bei MTV tanzen.

Allerdings eher nicht im Spitzenhöschen. So eine ist sie nicht.

Manche glauben das vielleicht. Wie die Bubis aus der Zehnten, die noch mit ihren Mofas rumgurken und gerne den Stinkefinger zeigen.

»Oh, diese Schwanzlutscherlippen!«

Das Gegröle der kleinen Flegel geht ihr am Arsch vorbei. Sollen sie doch bei den Schließfächern im Flur herumbrüllen und sich ihren Phantasien hingeben, das ist ihr völlig egal.

Ja, einige Leute denken das mit Sicherheit. Zum Beispiel diese Mädchen mit den kurzen Haaren und den Aufnähern auf den Schultertaschen. Die glotzen sie unter ihren stacheligen, schwarz gefärbten Ponys immer so wütend an, wenn sie an ihnen vorbeigeht.

Sie setzt ihr strahlendstes Lächeln auf und glotzt zurück.

Diese Mädchen glauben wohl, sie könne nichts, außer sich zu schminken. Wer ist eigentlich dümmer, die oder sie?

Sara the most beautiful girl in the world. Sara, die den naturwissenschaftlichen Zweig besucht und nach dem Abitur hier wegwill, um an der Universität zu studieren. Vielleicht Physik.

Sara, die alles unter Kontrolle hat.

Das Lächeln, die rosafarbenen Fingernägel und das kurze Kleid, das ordentlich gefaltet auf dem Klodeckel liegt, sind nur Waffen.

Waffen benutzt man, um das zu bekommen, was man will.

Liebe. Oder Blicke, in denen man sich spiegeln kann.

Manche Mädchen machen sich vor Partys gemeinsam schön. Sie treffen sich bei einer von ihnen zu Hause und probieren Klamotten an und stylen sich gegenseitig die Haare. Sara würde das nie tun. Wie sie ihre Waffen schleift, geht nur sie etwas an.

Doch wenn die Waffe nicht mehr wirkt, obwohl die Schneide so scharf ist wie nie zuvor? Wenn man mit dem Messer abrutscht und sich ins eigene Fleisch schneidet?

Sara zieht sich das Kleid über den Kopf. Es ist rot und unten etwas weiter. Am Hals glitzert ein kleiner Silberanhänger. Im Spiegel glitzern ihre Augen.

MARTIN ÖFFNET DIE schwere Kirchentür. Er ist noch nicht oft hier gewesen, nur bei Großvaters Beerdigung und immer am Ende des Schuljahres in der Grundschule und Unterstufe. Aber er weiß noch genau, wie die Kirche von innen aussieht.

Die harten weißen Holzbänke. Die Fenster unter der Decke, die rot und blau und grün schimmern. Das Regal mit den Gesangbüchern gleich hinter dem Eingang.

Als er auf dem Weg zu Sara über den Friedhof gegangen ist, hat er auf dem Hügel die Kirche liegen sehen. Da ist er mit der Gitarrenhülle auf dem Rücken querfeldein durch den Schnee gestapft. Zwischen den Gräbern mit den Kränzen und den flackernden Kerzen hindurch.

In der Kirche ist es warm und still. Seine Schritte hallen von den Wänden wider, als er zum Altar geht. Vom Altarbild blickt ihn ein Mann mit Heiligenschein an.

Guter Gott, der du im Himmel bist und vielleicht existierst –

Nein, in seinem Innern gibt es keine Gebete. In ihm gibt es nur ein Herz, das unter der dicken Jacke und mehreren Schichten Kleidung und Haut heftig klopft.

Klopf, Andreas, klopf, Andreas, Andreas –

Verzeih mir, verzeih mir, klopf.

Klopf, ein Albtraum, und klopf, ein schlechtes Gewissen, das ihn nicht loslässt.

Daran kann kein Gott auf der Welt etwas ändern.

An den Seiten brennen Kerzen. Neben jedem Kerzenständer steht eine Blechdose. Wer in die Kirche kommt, kann fünf Kronen in den Schlitz stecken und für einen Lebenden oder Toten ein Licht anzünden.

Im Moment leuchten nur etwa zehn Kerzen. Einige von ihnen sind fast heruntergebrannt. Sie sehen einsam und ein bisschen traurig aus.

Die Kerzen in den Holzkästen neben den Blechdosen. Sie müssten auch angezündet werden. Sie müssten auch jemandem etwas bedeuten.

Auf jeden Kerzenständer passen dreißig Kerzen. Wenn einer voll ist, geht er zum nächsten. Er zündet die Kerzen an den Nachbardochten an und steckt sie in die leeren Löcher.

Irgendwann ist die Kirche ein Lichtermeer. Die Flammen werfen lange Schatten auf die Wände. Er bleibt eine Weile stehen und sieht ihnen beim Brennen zu.

Wenn die Pastorin kommt, um den Abendgottesdienst vorzubereiten, wird sie glauben, es handele sich um einen Anschlag.

Ein Randalierer hat die Kirche in Brand gesteckt!

Martin muss grinsen, als er sich das vorstellt. Er lässt das Lichtermeer zurück und zieht die Tür hinter sich zu.

Dreihundert Kerzen, damit Andreas den Weg findet.

»ICH HABE ALLE angezündet. Die ganze Kirche stand in Flammen!«

Seine Augen leuchten wie zwei Kerzen.

Das ist eine Art von Diebstahl, will Sara sagen. Eine einzige Kerze hätte doch gereicht.

Aber sie hält den Mund. Heute ist sie wirklich nicht scharf darauf, sich in eine Pfütze zu verwandeln.

Sie hat keine Lust mehr.

Keine Lust mehr darauf, jedes Mal genau überlegen zu müssen, bevor sie den Mund aufmacht, damit sie ihn nicht aus Versehen kränkt oder verärgert.

Sie hat es satt, sich ständig vor diesem Blick zu fürchten. Der bedeutet: *Du bist total beschränkt, du kapierst gar nichts.*

Von der Party hat sie auch schon die Nase voll, obwohl sie noch gar nicht angefangen hat.

Sie will nur, dass er seine beschissene Gitarre loslässt und sie anguckt.

Guckt und guckt und guckt.

»Du. Ich will dir etwas zeigen.«

Martin zieht sie aus dem Sessel hoch. Ihre Hände sind ganz schlaff, sie hängen wie zwei überflüssige Klumpen an den Armen.

Sie steigt in ihre Stiefel und zieht die Daunenjacke über das Kleid. Wie ein Roboter. Roboter Sara.

Die nutzlosen Hände versteckt sie in den Ärmeln. Ihre

Handschuhe sind viel zu dünn. Strickfäustlinge bei mehreren Minusgraden.

Sie könnte Nein sagen. Weil sie friert, die Party vorbereitet werden muss und sie überhaupt keine Lust hat, nach draußen zu gehen.

Ihr ist scheißegal, wohin er sie bringt. Sie weiß bereits, dass es zu spät ist. Ihre Waffen haben keine Wirkung mehr, und Martin wird ihr sagen, er sei nicht mehr in sie verliebt. Es soll nur noch ein wenig dauern. Deshalb kommt sie mit.

Unter der Jacke zieht sie die Schultern hoch und hofft, sie werden schnell dort ankommen, wo er ihr etwas zeigen will, damit sie wieder nach Hause gehen können.

Sie muss sich vorher ein bisschen in Stimmung bringen. Etwas Wodka und noch mehr Kajal, dann ist sie wieder partytauglich.

Heute Abend wird sie tanzen.

Tanzen und all die Blicke spüren, die sie am Boden festnageln, bis sie nie wieder aufhören kann, sich zu drehen. Sie wird tanzen wie auf MTV, ihre Augen werden leuchten, und Martin wird merken, dass alle, wirklich alle sie haben wollen und er ein Idiot ist, wenn er sie verlässt. *Sie verlässt!* Was für lächerlich dramatische Worte. So etwas machen Dreißigjährige miteinander, *sich verlassen*, und trotzdem hat sie solche Angst.

Es stimmt nicht mit dem Drehbuch überein, es war ganz anders gedacht. Sie hatte alles unter Kontrolle. Im Griff. In ihrer Handfläche leuchtete und blinkte doch ein Kontrolllämpchen.

Oberflächlich betrachtet war er derjenige, der immer stiller wurde und sich zurückzog, der sich plötzlich hinter seiner Gitarre versteckte wie hinter einer Mauer und das Instrument berührte, und nicht sie. Aber er hat doch selbst gesagt, er würde ohne sie kaputtgehen. Er braucht ihr Lächeln, ihre Hände und ihre leuchtenden Augen, um nicht von der Dunkelheit in seinem Innern aufgefressen zu werden.

Deswegen hatte sie alles im Griff. Dass er sie verlassen würde, war undenkbar.

Sie stehen am Fuße der steilen Klippen. Das Meer ist gefroren, das Schilf ist gefroren, und Sara ist innerlich und äußerlich gefroren.

Martin setzt sich in den Sand. Seine Jeans wird nass, das scheint ihm allerdings nichts auszumachen. Er zieht seine Gitarre aus der Hülle, und sie schlingt die Arme um sich selbst.

Sie friert und will nach Hause. Jetzt! Sie kann sich nicht einmal mehr zu einem Roboterlächeln aufraffen. Ihre gesamte Kraft hat sie verlassen, und nun ist nur noch ein Stück Eis übrig, ein Herz aus Eis, genau wie die für die Bowle. Sie hat Eiswürfel in allen möglichen Formen im Tiefkühlfach: Herzen, Sterne, Wolken.

Dass diese Gitarre in der Kälte nicht kaputtgeht!

Martins Stimme ist heiser und brüchig, seine Finger sind fast blau, und er sieht sie die ganze Zeit an, während er singt.

»Was wolltest du mir zeigen?«

Ihre Stimme ist ebenfalls aus Eis, und er sieht vollkommen verwirrt aus, als sie ihn mitten im Lied unterbricht.

Wie ein kleiner Junge. Ein von sich selbst eingenommener Junge, der es gewohnt ist, seine Spielchen und Lieder vor aufmerksamen Gesichtern zu spielen. Aber sie hat es satt, sein Publikum darzustellen, kapiert er das nicht, sie hat die Schnauze voll.

»Du bist ein unheimlicher Egoist«, sagt sie ruhig. »Ich will jetzt nach Hause gehen. Ich feiere heute Abend eine Party, falls du das vergessen hast.«

Martin antwortet nicht. Er betrachtet seine Hände, die in der Dunkelheit weiß und bläulich schimmern.

»Du brauchst nicht zu kommen, wenn du nicht willst«, fährt sie fort. »Vielleicht triffst du dich lieber mit Mari. Wie alt ist sie eigentlich? Ist es nicht eklig, mit jemandem zu schlafen, der schon …«

»Das haben wir nicht.«

»Nein, natürlich nicht«, fällt sie ihm ins Wort, dreht sich um und geht. Das Knirschen hinter ihr verrät, dass er ihr folgt.

SARAS GESICHT SCHIMMERT und strahlt.

Sie hat eine Bowle aus Wodka und Erdbeersaft gemacht. Die Herzen, Sterne und Wolken sind in die hellrote Flüssigkeit geplumpst, und nun darf sich jeder bedienen, *bitte sehr*! Die meisten haben ihre eigenen Bierdosen und Weinflaschen mitgebracht, doch die müssen noch ein bisschen warten, denn zuerst sollen alle Saras Erdbeerbowle probieren.

Bei dieser Musik kann man nicht denken. Das Zimmer ist voller Leute, klirrender Eiswürfel und Gelächter.

Martin hat sich auf den Boden gesetzt. Auf dem Sofa ist es so eng, dass Sara auf dem Schoß von einem kurzhaarigen Jungen aus dem naturwissenschaftlichen Zweig sitzen muss, der bald sein Abitur macht. Er lässt Saras Taille los und erzählt wild gestikulierend etwas vom Weltall. Sara tut so, als ob sie es noch nicht wüsste.

»Ist etwas mit Sara passiert?«

Viktor muss seine Hände zu einem Trichter formen und ihm direkt ins Ohr brüllen, damit er ihn versteht.

Martin schüttelt den Kopf.

Sara steht jetzt vor der Stereoanlage. Die CD in ihrer Hand reflektiert das Licht. Sie wählt ein Lied aus und dreht die Lautstärke auf.

Als Sara anfängt zu tanzen, kommt der ganze Raum zum Stillstand.

Es sieht aus, als wären alle, die mit ihren Wodkagläsern

und Bierdosen herumstehen oder auf dem Sofa sitzen, zu Eis erstarrt, und nur Sara könnte sich noch bewegen und sich in ihrem roten Kleid drehen.

Sie tanzt wie die Mädchen auf MTV. Sie braucht nicht auf ihre Füße zu achten, denn sie hat den Tanz in sich.

Es dauert ein paar Sekunden, bis die Leute ihre Gläser abstellen und Sara auf die Tanzfläche folgen.

Sie tanzt vor dem Jungen mit den kurzen Haaren. Er bewegt sich unbeholfen und legt ihr eine Hand auf die Hüfte.

Martin fühlt sich zwischen den Tanzenden vollkommen fehl am Platz. Auf einigen Partys ist man sofort drin. Man macht die Tür auf, und alles, was man tut, fühlt sich so selbstverständlich an. Wie man sein Glas austrinkt, wie man redet und wie man tanzt. Der Körper gehorcht demselben Rhythmus wie die Party.

Manchmal ist es umgekehrt. Dann kann man den Takt nicht halten. Man wird herumgeschubst und -gestoßen, weil die Musik im eigenen Kopf nicht mit der aus den Lautsprechern übereinstimmt.

Regungslos bleibt man stehen. Man sieht zarte weiße Flocken vor dem Fenster.

Unbemerkt verlässt man die Tanzfläche.

Martin hat zwei Gläser Wodka mit Saft getrunken und sich in den Schnee unter die Sterne gelegt. Aus Saras Haus ist weiterhin die Musik zu hören, aber gedämpft von den dunkelroten Holzwänden. Nur das Pulsieren der Bässe dringt durch die Isolierung. Das tanzende Haus ist ein pochendes Herz im Schnee.

Seine Mütze und sein Schal liegen noch auf dem Fußboden im Flur. Sein schwarzes Haar bildet den Heiligenschein eines Schnee-Engels mit weißem Gesicht.

Sara legt wieder eine andere CD auf. Durch das Fenster sieht man sie über das Parkett wirbeln. Zwei Arme greifen nach ihr. Vielleicht ist es dieser Physiktyp, vielleicht jemand anders. Es spielt keine Rolle.

Der Garten ist ordentlich und vollkommen sauber. Die Apfelbäume recken ihre knorrigen Äste in den Himmel.

Als er und Sara zusammenkamen, waren die Äpfel hellgrün und säuerlich. Vielleicht altert man schneller, wenn in der Familie jemand todkrank ist. Es kommt ihm vor, als wäre der August eine Ewigkeit her. Damals war sein Kopf randvoll von Saraliebe und Saraliedern und Sarahaut. Jetzt gehen ihm nur Andreas, ein Kerzenmeer und eine Künstlerin durch den Kopf, und diese Künstlerin will einfach nicht verschwinden, sosehr er sich auch bemüht, an etwas anderes zu denken.

Schwankend steht er auf. Seine Stiefel hinterlassen tiefe Spuren im Schnee.

Drinnen fällt jemandem das Glas aus der Hand. Es zerspringt in tausend Scherben, die so hell glitzern wie die Laternen im Wohngebiet. Morgen früh wird hier geräumt werden, noch ist die Straße jedoch unberührt und sauber. Er singt mit heiserer Stimme und fängt die Schneeflocken mit der Zunge auf.

Als Andreas klein war, hat er es auch immer so gemacht und sich alles in den Mund gesteckt: Schnee Regen Erde Rinde Zweige –

»Weil ich wissen will, wie sie schmecken!«

Martin muss lachen und streckt die Zunge hinaus, so weit es geht. Logisch. Woher soll man es sonst wissen?

Mit Sara ist Schluss, aber sein schwarzer Himmel ist voller federleichter Schneeflocken. Soll sie ihn doch Egoist nennen, so oft sie will. Er wird mal ein ganz GROßER, und sein Schmerz schimmert und leuchtet in seinem Inneren wie ein Stern.

Das weiß er *genau*.

Nächtliche Schneeflocken auf der Zunge. Natürlich weiß er, wie das Leben schmeckt.

SARA WIRD VOM Licht wach, das ihr ins Gesicht scheint. Das Haar klebt ihr an der Stirn, und auf dem Sofakissen sind Kajalflecken. Sie dreht sich um.

Da liegt er. Der Typ von gestern. Der mit den Planeten. Als sie sich aufsetzt, streckt er im Schlaf den Arm aus und sucht nach ihr. Hastig rutscht sie ein Stück zur Seite.

Sie geht ins Badezimmer und stellt sich unter die Dusche. Seift sich mit dem orangefarbenen Duschgel ein, das nach Papaya duftet, und versucht, ihre Erinnerungen an gestern Abend zusammenzusetzen.

Der Erfolg ist mäßig.

Mit dem schwingenden roten Kleid über das Parkett wirbeln. Totale Kontrolle über Füße, Körper und Rhythmus haben.

Es wurde spät, und Martin war verschwunden. Sie ging vor das Haus und rief laut hinaus in die Dunkelheit. Niemand antwortete. Seine Gitarre lag noch in ihrem Zimmer. Am liebsten hätte sie draufgetreten.

Zwei Hände auf den Schultern, die sie zurück zur Party zogen.

Dieser Typ, der vollkommen banale Dinge von sich gab und jedes Mal, wenn sie sagte: *Cool, das wusste ich ja gar nicht*, noch mehr strahlte. Wie sind sie zusammen auf dem Sofa gelandet?

Ach, solche Sachen passieren einfach. Keine Party, ohne dass jemand im Bad oder auf dem Sofa einschläft, keine Party, ohne dass sich jemand auf dem Heimweg verläuft. Na und, das muss so sein! Sonst hätte man doch hinterher gar keinen Gesprächsstoff, und dann wären die Partys ja beinahe überflüssig.

Die einzige Regel: Man kann sich nicht genau erinnern, weil man besoffen war. Am Montag lachen sich alle schlapp darüber, und kurz darauf ist die Sache vergessen.

Kein Problem, *no big deal.* Im Moment ist ihr allerdings gar nicht nach Lachen zumute.

Schnell dreht sie den Hebel von heiß auf eiskalt. Der Dampf verwandelt sich in feine Nadeln, die ihr in die Haut stechen.

Plötzlich ist sie hellwach, ihre träge Verschlafenheit ist mit dem Duschwasser abgeflossen.

Sie trocknet sich vor dem Spiegel ab, putzt sich die Zähne und weiß genau, was sie heute tun wird.

Ja, natürlich muss sie aufräumen, im Wohnzimmer liegen überall Glasscherben und leere Bierdosen, aber vorher.

Hauptsache, sie wird diesen Deppen los.

Sie kichert. Den Deppen! So hätte sich eine alte Tante ausgedrückt.

Aus ihrem Zimmer sind laute Geräusche zu hören. Eingewickelt in ein Handtuch, rast sie hinein. Er sitzt mit Martins Gitarre auf dem Schoß in einer ausgeleierten Unterhose auf ihrer Bettkante.

Sara geht auf ihn zu, reißt ihm das Instrument aus den Händen und drückt es an sich.

Er bleibt mit weit gespreizten Beinen auf ihrem Bett sitzen. An den Innenseiten der Oberschenkel hat er schwarze Haare. Was für ein dämlicher Gesichtsausdruck! Kriegt er den Mund nicht zu?

»Du musst jetzt gehen.« Sara lässt das Handtuch fallen. Es ist ihr scheißegal, dass er sie anstarrt. Sie zieht eine Jeans an und kramt einen BH aus der obersten Schublade.

Er glotzt wie ein Idiot.

»Bist du schwer von Begriff?«

»Du«, murmelt er. Seine Arme verharren in der Position, in der sie die Gitarre festgehalten haben. »Musst du irgendwohin?«

»Ja.«

Ihre Stimme ist eine Saite aus Stahl. Er geht an ihr vorbei und sucht unter dem Wohnzimmersofa nach seiner Hose. Im Flur brummt er etwas von ihrer Telefonnummer. Als sie keine Antwort gibt, trollt er sich. Die Haustür fällt krachend hinter ihm ins Schloss.

Sie holt sich das Telefonbuch aus dem Regal im Arbeitszimmer. In null Komma nichts hat sie die Adresse gefunden. Da steht nur ein Name, irgendwie breitbeinig, mit beiden Füßen fest auf der Erde.

Mari. Lahti.

Sara kennt die Straße nicht, sieht aber auf der Karte im Fahrplan, dass dort ein Bus hält.

Als sie geht, schneit es immer noch leicht.

Sara schaut dem Bus hinterher, bis die gelben Lichter verschwunden sind.

An der Bushaltestelle mit den kaputten Fensterscheiben ist auch eine Frau im blauen Mantel ausgestiegen, die zwei Einkaufstüten schleppt. Bonbonpapier segelt über den Beton. Unter dem Abfalleimer glüht eine Zigarette. Sara stupst sie mit dem Fuß in den Schnee.

Auf beiden Straßenseiten hohe Häuser. Der blaue Mantel verschwindet zwischen den Kiefern auf der einen Seite. Nach kurzem Zögern geht Sara hinterher. Sie kann nur raten, wo sich 16 D befindet.

Zuerst denkt sie, sie wäre hier falsch. Von den Balkons blättert die Farbe ab. Mari ist doch Ärztin, und Ärzte wohnen normalerweise in feinen Gegenden. Ein windschiefes Straßenschild versichert ihr jedoch, dass sie sich in der Lövåsgata befindet, also muss sie hier richtig sein.

Über den Mülltonnen und den Fahrradständern dämmert es. Der Hinterhof ist menschenleer, und die Geräte auf dem Spielplatz ragen wie eine kleine Raumstation aus dem Schnee.

Da ist das Haus. Auf der Fassade steht in großen Blechbuchstaben 16.

Vor Aufgang D bleibt sie plötzlich stehen. Verdammt, man braucht den Türcode.

Logisch. Was hat sie denn erwartet? Planlos drückt sie ein paarmal auf die Tasten, aber das Schloss gibt kein Klicken von sich.

Wie dumm sie sich vorkommt! Was hatte sie eigentlich vor? Wollte sie einfach klingeln?

Vielleicht. Sie muss herausfinden, ob Mari in Wirklichkeit die gleiche Person ist wie in ihrem Kopf.

Sie muss schon alt sein, mindestens dreißig, denn ein Medizinstudium dauert lange. Ihre Kleidung ist voller Farbflecken, aber unter dem weißen Kittel sieht man das nicht. Sie schminkt sich nicht. Sara wird niemals so werden wie sie.

Nein, das wird sie nicht, denn Mari ist erwachsen und hat eine eigene Wohnung und einen richtigen Beruf und versteht sicher ganz genau, was Martin meint, wenn er über tiefsinnige Dinge spricht. Mari ist bestimmt genau wie er, still und klug und traurig.

Sie selbst kommt sich vor wie ein kleines Mädchen, das mit dem Bus in ein fremdes Wohngebiet gefahren ist, um Detektiv zu spielen. Der einzige Unterschied ist, dass ein richtiges kleines Mädchen vermutlich schlau genug gewesen wäre, um die Tür zu öffnen, anstatt nur doof dazustehen und das Schloss anzustarren. Ein richtiges kleines Mädchen hätte wahrscheinlich auch eine gefütterte Hose und dicke Fausthandschuhe angehabt. Sie hat das Gefühl, zu erfrieren.

Vielleicht ist Mari gar nicht zu Hause. Übrigens wüsste sie gar nicht, was sie sagen sollte, wenn sie klingeln würde und die Tür tatsächlich aufginge.

Vergiss es, denkt sie. Fahr nach Haus und feg lieber das Wohnzimmer.

Sie rüttelt noch einmal an der Klinke. Dann dreht sie sich um und geht zurück zur Bushaltestelle. Dabei hinterlässt sie Spuren im Schnee vor Maris Haus.

Sie geht um die Mülltonnen herum. Im nächsten Augenblick kracht jemand mit ihr zusammen. Sie taumelt zurück, fällt und schlägt mit der Hüfte auf.

Da ist jemand angerannt gekommen und um die Ecke gebogen, ohne sich umzusehen.

Eine Frau im roten Jogginganzug, deren Gesicht von einer hellblonden Wolke umgeben ist. Keuchend eilt sie Sara zu Hilfe.

»Oje, was ist passiert? Bist du verletzt?«

Als Sara aufsteht, schmerzt ihre Hüfte, aber es scheint nichts verstaucht zu sein. Sie klopft sich den Schnee von Jacke und Jeans.

»Nein, alles in Ordnung.«

»Tut mir leid, ich habe nicht aufgepasst.«

»Kein Problem.«

Die Frau beißt sich auf die Lippe. Nur einen halben Meter von Sara entfernt bleibt sie stehen. Ihr einer Schnürsenkel hat sich gelöst und hängt im Schnee. Etwas geschieht mit ihrem Blick, als er Sara trifft. Er hält mit einem Mal inne. Und erstarrt.

»Bist du nicht Sara? Martins Freundin?«

Ihre Frage durchbohrt Sara wie ein Pfeil. Sie kann den Blick nicht von der Frau im Jogginganzug abwenden. Er ist vollkommen frei von Farbflecken.

Jetzt erkennt sie Mari wieder. Von dieser einen Begegnung im Krankenhaus. Aber ihr Gesicht sah damals anders aus, viel erwachsener und strenger.

Der Trainingsanzug hebt sich hellrot vom Schnee ab. Schnaufend wartet Mari darauf, dass Sara Ja sagt.

Sara schüttelt den Kopf.

»Nein. Ich bin eine andere.«

Sie geht den ganzen Weg zu Fuß nach Hause. Während der Bus an ihr vorbeifährt, denkt sie nach. Darüber, dass man auf der Gitarre nur den Schmerz von manchen Leuten spielen kann. So, dass alle zuhören und sich von der heiseren Stimme verhexen lassen wollen. Sie denkt dabei an Jungs mit langen, schwarz gefärbten Haaren, Jungs, die sich alles erlauben können und deren Augen stumm und kalt werden, sobald man etwas sagt, was ihnen nicht passt. Jungs, die einfach aufstehen und gehen. Die wiederkommen, wenn sie Lust dazu haben, nicht befürchten, man könnte irgendwann die Nase voll von ihnen haben, denn: Hallo!? Es sagt ja nie jemand etwas. Außer: *Weiter, spiel noch ein Lied.* Doch wie oft will man es wirklich? Bittet man nicht darum, weil er niemals aufhören soll, einen mit diesem sanften, warmen Blick anzusehen?

Sie denkt an das, was in ihr schmerzt. Es ist, als ob ihr pulsierendes Inneres voller Spiegelscherben wäre. Besser kann Sara sie nicht beschreiben: scharf und kantig. Wenn der eigene Schmerz vollkommen blank ist und nur den eigenen Blick reflektiert, wenn man ihn betrachtet? Zählt er dann überhaupt?

Sie schließt die Haustür auf. Ihr Inneres fühlt sich abgrundtief und dunkel an. Wie der Freifallturm im Vergnügungspark Gröna Lund, mit dem sie im Sommer gefahren ist.

Wenn sie es beschriebe, würde niemand sie verstehen. Das weiß sie. Diese Sprache gehört den Jungs mit den Gitarren. Sie beherrscht sie nicht. Niemand würde sie mit leuchtenden Augen ansehen und zu ihr sagen: *Weiter, Sara.* Sie weiß, dass man ihren Schmerz nicht auf der Gitarre spielen kann.

ES WIRD AN die Scheibe geklopft. Zweimal fest von außen an die Jalousie. Augenblicklich wird er aus dem Halbschlaf gerissen.

Er strampelt die Decke weg, geht zum Fenster und öffnet es einen Spalt.

Martins Gesicht leuchtet weiß. Es ist blasser als sein eigenes, mehr wie Schnee.

»Willst du rauskommen?«

Zuerst kapiert Andreas es nicht.

»Klar. Ich hole nur meine Jacke.«

Martin schüttelt den Kopf.

Jetzt geht ihm ein Licht auf! Er ist nur nicht daran gewöhnt, wie Martin zu denken. Seine eigenen Gedanken sind viel alltäglicher und praktischer.

Es ist natürlich ein Spiel, ein Ausbrecher-und-Befreier-Spiel. Sein blau gestrichenes Zimmer im Reihenhaus ist eine Gefängniszelle, und Mama, die in der Küche auf einem Stuhl sitzt und Zeitung liest, ist seine Wächterin. Deshalb kann Andreas nicht an ihr vorbeigehen, um sich seine Schuhe und die Jacke aus dem Flur zu holen, wenn er ausreißen will.

»Beeil dich!«

Andreas stürzt sich auf den Kleiderschrank und zieht zahllose Schichten von T-Shirts, Kapuzenpullis, dicken gestrickten Pullovern, langen Unterhosen und gefütterten Hosen übereinander. Ganz hinten stehen seine alten Badelatschen. Die müssen reichen.

»Vorsicht.« Martin fängt ihn auf, als er aus dem Fenster springt.

Martins Arme sind seltsam stark, obwohl sie so dünn sind. Aber Andreas wiegt natürlich auch nicht viel. Im Spiegel sieht er zwar dick aus, doch irgendwie steckt nichts hinter seiner Aufgedunsenheit.

In den vergangenen Wochen hat er viel weniger gegessen. Er wird von einer Kartoffel und einem Fischstäbchen satt, wie ein Kleinkind.

Martin hat sein Fahrrad schon auf den Weg gestellt. Es ist alt und verrostet und hat einen breiten Gepäckträger. Auf dem soll Andreas sitzen. Er schließt die Augen und spürt den Eiswind im Gesicht, als Martin das Rad die Straße hinunterrollen lässt.

Die schmalen Reifen schlittern über den Asphalt, trotzdem hat Andreas kein bisschen Angst. Einer, der bald sterben wird, braucht sich beim Fahrradfahren nicht unbedingt zu fürchten.

Er drückt sich an Martin und bekommt schwarze Haare in den Mund. Unter all den Kleidungsstücken wummert sein Herz. Nein, er hat überhaupt keine Angst, aber so nah ist er Martin nicht gewesen, seit sie klein waren und zusammen in der Badewanne gesessen oder sich im Garten hinter Omas Sommerhäuschen gekloppt haben.

Am liebsten würde ich *jetzt* sterben, denkt er. Ich wünschte, wir würden frontal mit einem Laster zusammenstoßen.

Dann nimmt er den Wunsch zurück, denn sonst würde auch Martin sterben, obwohl er keine Zeit dafür hat. Er will ja auf großen Bühnen spielen.

Das letzte Wegstück zum Strand ist im Sommer ein Schilftunnel. Er weiß noch, wie sich die Blätter an den Waden anfühlten, wenn er wie ein Irrer in die Pedale trat, um als Erster am Wasser zu sein. Man bekam unsichtbare Schnittwunden davon, die im Wasser brannten. Unter dem Fahrradhelm klebten einem die Haare am Kopf fest. Als man noch welche hatte.

Mittlerweile radelt er im Sommer nicht mehr an den Strand. Dort sind immer so viele aus seiner Schule. Er will nicht, dass sie ihn in der Badehose sehen, und geht stattdessen mit Mama und Papa baden. Sie fahren mit dem Auto an einen kleinen Strand, den sie ganz für sich haben.

Im Winter sieht der Weg anders aus. Das Schilf ist gemäht, man hat eine freiere Sicht und erkennt schon von Weitem die einzelnen Elemente des Schwimmsteges auf dem gefrorenen Sand und daneben die Skelette der Heckenrosen, die ihre Glieder zum Himmel recken.

Mit quietschenden Bremsen bleibt Martin stehen. Er lehnt sein Rad an einen verschneiten Busch und lässt Andreas auf dem steilen Pfad den Vortritt.

Er geht langsam, damit er in den Badelatschen nicht stolpert. Wind und Sonne lassen seine Augen tränen.

In der vergangenen Woche ist er kaum vor die Tür gegangen und hat meistens mit heruntergezogenen Jalousien im Bett gelegen.

Genau dort, wo das Eis beginnt, setzen sie sich in den Sand. Mitten im Wasser endet das Eis. Man hat eine Rinne hineingebrochen, damit die Schiffe in den Hafen einlaufen können.

Andreas fragt sich, ob das Spiel jetzt beendet ist. Oder ob es weitergeht, solange sie hier sitzen. Es ist ihm egal, dass er seine Füße in den Badelatschen nicht mehr spürt und Mari gesagt hat, er solle gut auf sich achtgeben, sich warm anziehen und sich nicht anstrengen. Er könnte ewig so sitzen bleiben.

Nur er und Martin und das Meer.

Er denkt an die geschlossene Zimmertür zu Hause. An Mama, die vielleicht gerade die Klinke hinunterdrückt, ihn mit sanfter Stimme zum Essen ruft und dann bemerkt, wie eiskalt es im Zimmer ist, da das Fenster offen steht.

Er denkt an ihr Herzklopfen, wenn sie sieht, dass Andreas weg ist.

Kurios, dass man einen Riesenschreck bekommen kann, obwohl ein fünfzehnjähriger Junge einfach bloß eine Weile nach draußen gegangen ist!

Nur, weil er diese Krankheit im Körper hat. Nur, weil sie weiß, er würde ihr immer sagen, wohin er geht und wann er zurückkommt.

Martin tut das nie. Andreas weiß noch, wie oft Mama sich früher deswegen beklagt hat. Er sollte zum Abendessen zu Hause sein und Bescheid sagen, wenn er ging, aber Martin blieb stur.

Ich frage mich, wie es sich angefühlt hätte, du zu sein, denkt er.

»Ich wäre gern wie du gewesen.«

Die Worte sind ihm so rausgerutscht. Einfach so. Mürrisch und kindisch.

»Das …«, fängt Martin an.

»Das geht nicht, das weiß ich selber!«

Seine Stimme ist voller Zorn. Er weiß gar nicht, wo der herkommt. Es ist doch alles nicht Martins Schuld. Eigentlich.

Vorsichtig zupft Martin ihn am Ärmel. Der ist dunkelgrün,

hässlich, fusselig und hat keine Bedeutung. Martins Sachen bedeuten immer etwas. *Ich bin anders und nicht so langweilig und beschränkt wie ihr.*

»Wärst du nicht vielleicht lieber ein anderer Andreas gewesen?«

»Es gibt keinen anderen Andreas!«

Doch während er das ausspricht, wütend und mit Nachdruck, begreift er, dass es nicht stimmt. Schließlich gibt es den anderen Andreas. Der andere Andreas mit den Schürfwunden und dem Kopf voller echter Träume ist ja in ihm. Außerdem kann er viele Dinge richtig gut. Essen kochen, Fußball spielen, kleine Veränderungen in Gesichtern erkennen. Für Graffiti und Skateboard hat er auch Talent. Und er traut sich, über die Krankheit und den Tod nachzudenken. Und sogar darüber zu reden.

Aber, denkt er, das spielt überhaupt keine Rolle. Scheißegal, welcher Andreas er ist, Martin verachtet ihn sowieso. Denn er hat nur ganz normale Klamotten und Träume. Und Fußball und Skateboard sind in Martins Augen BEDEUTUNGSLOS, damit beschäftigen sich nur langweilige und beschränkte Leute.

Martin sitzt schweigend da und starrt aufs Meer. Er ist so schön, dass Andreas Herzklopfen bekommt.

Er kann diesen abgewandten Blick und dieses traurige Lächeln nicht deuten. Ist er verletzt, weil Andreas ihn angefahren hat?

Martin ist so verdammt leicht gekränkt und empfindlich. Andreas würde ihn am liebsten dafür verprügeln.

»Du bist ein Idiot«, hört er sich selbst sagen. »Du bist der größte Idiot, den ich kenne!«

Sobald er das letzte Wort ausgesprochen hat, macht er die Augen zu. Er weiß genau, was jetzt passieren wird.

In einer Sekunde wird Martin aufgestanden sein. Seinen Blick wird Andreas nicht sehen, da er nicht vorhat, die Augen zu öffnen.

In drei Sekunden wird er Martin davonstapfen hören.

In fünfzehn Sekunden hat er das Fahrrad erreicht. Dann kann Andreas die Augen wieder aufmachen. Anschließend muss er versuchen, in seinen Badeschlappen irgendwie nach Hause zu kommen.

Eins, zwei, drei, vier, fünf.

Martin rührt sich nicht.

Andreas wagt kaum zu atmen. Warum reagiert er nicht? Als er bis zehn gezählt hat, öffnet er die Augen.

Martin sitzt da und sieht ihn an, es tut jedoch nicht weh, so von ihm angeschaut zu werden. Seine Augen wirken ernst und offen.

Sie warten.

Ja, Martins Augen scheinen seltsamerweise auf die Fortsetzung zu warten. Darauf, dass Andreas noch mehr böse Worte ausspuckt. Andreas hält etwas Vibrierendes in den Händen, es ist eine Bombe, die kurz vorm Explodieren ist. Er kann sie nicht einfach auf den Boden fallen lassen, als ob nichts wäre, sondern muss weitermachen.

»Du sagst immer, es soll alles echt sein!«, bricht es aus ihm heraus. »Man soll ein echtes Leben leben und echte Träume träumen und einen echten Tod sterben, dabei hast du überhaupt keine Ahnung von echten Dingen. Deine Als-ob-Klamotten, deine Als-ob-Lieder, deine Als-ob-Sprache. Die echten Menschen, ich und Mama und Papa und die anderen in deiner Klasse, sind dir vollkommen egal! Ich habe keine Freunde, weil niemand mit mir zusammen sein will, aber du hast keine Freunde, weil du alle anderen für beschränkte Schmeißfliegen hältst!«

Andreas beißt sich auf die Lippe.

»Ich finde dich total bescheuert, und trotzdem wäre ich gerne so gewesen wie du. Also bin ich wahrscheinlich auch bescheuert.«

Martins ernste Augen, dieses traurige halbe Lächeln. Man wird nicht klug aus ihm, er ist ein Alien, er stammt von einem anderen Planeten! Wenn man überhaupt nicht weiß, was man jetzt wieder Falsches gesagt hat, verfinstert sich sein Blick, doch wenn man ihn einen Idioten nennt, schweigt er traurig.

Und schön. So verdammt schön.

Andreas stürzt sich auf ihn. Er denkt nicht darüber nach. Martin landet auf dem Rücken im Schnee, und Andreas sitzt auf ihm. Mit dem bisschen Körpergewicht, das ihm geblieben ist, drückt er ihn hinunter und hält ihn ganz, ganz fest, den Kopf voller Erinnerungen an Kloppereien hinter dem Sommerhäuschen, doch Martin leistet keinen Widerstand.

Andreas entspannt sich und bleibt wie ein Sack auf seiner Brust liegen. Unter den vielen Klamotten pocht es.

Nur bei ihm oder auch bei Martin?

»Ich habe dich lieb«, flüstert Andreas. »Ich will das überhaupt nicht, ich hasse mich dafür, weil du der größte Idiot bist, den ich kenne, aber ich habe dich trotzdem lieb.«

Martin schließt die Augen. Die Handschuhhand findet Andreas' Kopf. Behutsam streicht sie über den kahlen Schädel.

Es ist ein sonderbares Spiel geworden. Dass der Ausbrecher seinen Befreier beschimpft, sollte nicht einmal in Spielen vorkommen.

Ach! Na und? Er ist vollgestopft mit Medikamenten und weiß nicht mehr, was sich gehört. In seinem Kopf ist alles weiß, und er hat keine Ahnung, ob das an den Schmerzmitteln oder der Sonne liegt. Es spielt ohnehin keine Rolle.

Als sie zurückfahren, dämmert es. Das Essen ist wahrscheinlich längst kalt, und Mama streift durch das leere Haus. Hat sie schon jemanden angerufen? Papa? Die Polizei? Wird sie ihnen im Garten entgegenrasen? Das spielt ebenso wenig eine Rolle.

Andreas ist innerlich vollkommen ruhig, er fühlt sich unbesiegbar. Wenn es bergab geht, schließt er die Augen und breitet die Arme aus, er ist eine Möwe auf dem Weg in ein anderes Land, und die weiten grünen Ärmel flattern im Wind wie Flügel.

»Halt dich gefälligst an mir fest! Oder am Gepäckträger! Merkst du denn nicht, wie glatt es ist?«

Andreas legt lachend den Kopf in den Nacken.

»Doch, aber das ist mir scheißegal! Ich werde sowieso bald sterben, also fahr lieber noch ein bisschen schneller!«

Das letzte Stück bergab ist ein einziges lang gezogenes *Yeehaw*. Im Geiste streicht er zwei Punkte von der Liste.

~~MARTIN SAGEN, WAS FÜR EIN IDIOT ER IST.~~

~~MARTIN SAGEN, DASS ICH IHN LIEB HABE.~~

SARA LIEGT IN einem gelben Haus, das sich mitten in einem Karree voller identischer Häuser mit verschneiten Gärten befindet, auf dem Bett und schaut an die Decke.

»Willst du zu Mari?«

Das hat sie ihn vor einer Weile gefragt, als Martin seine Gitarre geholt hat. Sie warf ihm einen von wasserfester Wimperntusche eingerahmten Blick zu, während er die letzte Silberschnalle zuschnappen ließ. Obwohl er eigentlich nirgendwohin zu gehen braucht, dachte sie. Er hat ja eine feste Beziehung. Mit seiner Scheißgitarre.

Sie schließt die Augen. Spürt ihre Schultern auf der Matratze. Spürt ihre Beine in der Jeans auf der Matratze, ihre Fersen auf der Matratze. So fühlt es sich an Sara zu sein, einen Sarakörper zu haben. Der nur ihr gehört.

Es gibt keinen Spiegel im Zimmer. Nur ein Fenster vor dem roten Himmel. Und die Finger, die den Reißverschluss ihrer Jeans hinunterziehen und sich unter den Stoff schieben. Sie denkt nicht, dass es seine Finger sein könnten oder sein Blick im Zimmer ist. Es gibt keine anderen Augen im Zimmer.

Das hier ist Schmerz, aha. Als hätte sie das ganze Weltall verschluckt. Und dann ist da noch etwas anderes. Ein wütendes, feuchtes Verlangen. Weich und glitschig wie ein Fisch. Es ist da, obwohl niemand zusieht. Obwohl sie allein auf dem Bett liegt.

Warum liegt man eigentlich still, fragt sie sich. Warum gibt man kein Geräusch von sich? Warum denkt man die ganze

Zeit in Bildern und stellt sich vor, wie die Haare ausgebreitet auf dem Kissen liegen und die Haut zart und samtig schimmert? Anstatt zu überlegen, wie es sich *anfühlt*?

Sie fasst einen Beschluss. Kurz bevor sie ihre Fingerkuppen etwas fester auf die richtige Stelle drückt, die nur sie kennt, und der Orgasmus sich in ihrem Körper ausbreitet wie die Farbe eines Pinsels, der in ein Wasserglas getaucht wird.

Nie wieder wird sie schweigend einem Jungen zuhören, der Gitarre spielt. Nicht einmal, wenn sein Bruder todkrank ist.

Unter keinen Umständen.

SIE SITZEN SICH in Maris Küche gegenüber. Draußen liegt der Schnee meterhoch, und seine eigenen Unterarme auf der Tischplatte sehen ebenfalls schneeweiß aus. Ein hellblaues Geflecht aus Adern leuchtet durch die Haut.

»Wie lange darf Andreas zu Hause bleiben?«

»So lange wie möglich. Am Ende kann er wieder ins Krankenhaus kommen.«

Das Ende. Das ganze beschissene Jahr ist doch ein langes Ende gewesen! Aber sogar das Ende hat ein Ende. Martin legt die Hände um seine Teetasse. Die Teeblätter schimmern durch die dunkle Flüssigkeit wie ein morastiger Meeresgrund.

»Und was passiert dann?«, fragt er.

»Hinterher, meinst du?«, fragt sie. »Das Begräbnis und so? Darum kümmert ihr euch als Familie …«

»Nein, nicht das«, unterbricht er sie. »Ich meine, was mache ich danach?«

Er hat nicht damit gerechnet, dass sich seine Stimme am Ende des Satzes überschlägt und das letzte Wort so schrill und schneidend klingt.

Er sieht, wie ihr Mund sich bewegt. Glaubt, dass sie irgendetwas von Weggehen sagt. Doch was soll das bedeuten? Von hier weggehen? Er will nicht einmal diese Wohnung verlassen. Nie wieder.

Mari wirft einen Blick auf ihre Armbanduhr.

»Der letzte Bus fährt in einer Viertelstunde«, sagt sie. »Ich begleite dich zur Haltestelle.«

Er schüttelt heftig den Kopf. Lässt den Blick vom schmutzigen Geschirr im Spülbecken zu Maris Gesicht im orangeweichen Deckenlicht schweifen. Maris Küche ist so anders als die Küche im Reihenhaus. Hier kann man über die Dinge sprechen, die bedeutsam sind. Zu Hause kann man nur sagen, dass keine Butter mehr da ist. In der Warteluft kann man nicht atmen. Immer läuft der Fernseher und füllt mit seinem sinnlosen Gebrabbel die Stille aus. Man schleicht auf Zehenspitzen und tut nur so, als würde man reden und lachen.

Der Löffel klirrt rhythmisch, als Martin die große, geblümte Teetasse anhebt. Tee rinnt ihm über den Handrücken und sammelt sich in einer Pfütze auf dem Tisch.

»Deine Hände zittern«, sagt Mari sachlich. »Stell die Tasse hin.«

»Darf ich hier schlafen?«

»Deine Eltern«, sagt sie. »Sie möchten sicher, dass du nach Hause kommst.«

»Ich will nicht. Kann ich hierbleiben?«

Mari schweigt. Sie sieht ihm lange in die Augen. Es wird ganz hell, und in seinem Bauch ist ein schwindelerregendes Ziehen, wie wenn man auf einem Gipfel steht und nach unten guckt.

»Das kann ich mir ausleihen, oder?« Er greift sich das oberste Buch vom Stapel im Wohnzimmer. Ich will nicht einschlafen. Wenn ich einschlafe, kommen die Andreasengel.

Mari setzt sich neben ihn. Obwohl sie Ärztin ist, hat sie keine Sorgenfalte zwischen den Augenbrauen und sagt auch nichts von acht Stunden pro Nacht.

»Ich habe ein anderes für dich, das dir bestimmt besser gefällt.«

Ihr Blick saugt sich an seinem fest. Sie macht keine Anstalten, das Buch zu holen.

»Warte noch ein bisschen.« Er wirft einen Blick auf die Staffelei in der Zimmerecke. »Willst du das Bild nicht zu Ende malen?«

Sie sieht aus, als würde sie nachdenken. Als würde sie denken: *Mensch, Mari! Er ist erst siebzehn. Und der Bruder deines Patienten.*

Sie streckt ihre Hand aus. In Zeitlupe. Ihre Finger auf seinen Lippen fühlen sich unendlich zart an.

»Eigentlich ist das Wahnsinn«, murmelt sie.

Er nickt, ohne Luft zu holen. Weiß nicht, was er darauf antworten soll. Seine ganze Welt ist Wahnsinn und kurz davor einzustürzen. Aber ihre Finger. An seinem Mund. Wenn sie ihn untersuchen oder ihm ein Kontrastmittel in den Arm spritzen, hat er das Gefühl, in Flammen aufzugehen. Das hat Andreas gesagt.

Er muss dieses Gefühl hier gemeint haben.

ZITTERND ZIEHT SICH ANDREAS im Dunkeln an. Der Rucksack steht fertig gepackt im Schrank, das hat er schon am frühen Abend erledigt. Im Haus ist es still. Seit Mama und Papa sich um elf ins Bett gelegt haben, hat er gewartet. Nun sind leise Schlafgeräusche durch ihre Tür zu hören.

Als er über die kleine Rasenfläche geht, knirscht unter seinen Füßen der Schnee. Die Reihenhäuser schlafen. Er ist vollkommen allein. Allein mit der Nacht und dem, was er machen will, obwohl er noch nicht genau weiß, wie.

Er hat kein bisschen Angst.

Wovor sollte er sich fürchten? Er wird es hinkriegen. Es ist, als hätte er das Angsthaben verlernt.

Diese innere Ruhe! Er hat keine Ahnung, woher sie kommt. Wie vorhin, als Mama in der Küche Martin anschrie, weil er Andreas ohne Jacke und Schuhe und noch dazu durch das Fenster mitgenommen hatte. Ob er noch ganz bei Trost sei!

»Martin kann nichts dafür. Das war ich.«

Seine Stimme war ganz gelassen, als er das sagte.

»Hast du dir denn gar keine Gedanken gemacht, Martin?«, murmelte sie.

Martin hier und Martin da! Würde sie denn nie kapieren, dass er auch etwas tun kann?

»Und was, wenn er mich nicht davon abhalten konnte?«

Dieser müde Blick. Das Seufzen, mit dem sie wieder auf den Küchenstuhl sank. Ihr Blick und ihr Seufzen taten ihm weh, aber es war trotzdem notwendig gewesen, das zu sagen. Irgendwann musste sie doch begreifen, dass er einen eigenen Willen hatte.

Und plötzlich löste Mamas Blick einen Gedanken aus, der wie ein Blitz in seinen Schädel einschlug. *Mich würde sie niemals so anschreien!*

Wenn er etwas Gemeines sagen würde! Sie eine alte Hexe nennen oder sie anfahren würde, sie solle nicht so glotzen. Er könnte sogar noch etwas Schlimmeres machen! Jemandem in die Fresse schlagen, einfach so.

Sie würde nicht mit ihm schimpfen oder ihn packen und schütteln, wie sie es getan hatte, als er kleiner war und etwas angestellt hatte. Sie würde nur noch müder aussehen.

Plötzlich wünschte er sich nichts mehr, als dass sie wütend würde und sagen würde, *er* sei nicht mehr bei Trost.

Du bist wirklich nicht ganz richtig im Kopf, flüstert er sich selbst zu, während er durch das schlafende Wohngebiet geht.

Er durchquert den Graffititunnel. Wirft einen Seitenblick auf die Wände, aber nein, das wäre zu einfach. Außerdem wäre es nach einer Woche verschwunden, irgendjemand übersprüht es immer. Er muss etwas machen, das es noch lange danach gibt.

An der Autobahnauffahrt steht ein gelbes Schild mit einem schwarzen Männchen. Das Männchen ist rot durchgestrichen. Also darf man hier nicht weitergehen. Doch einer, der bald sterben wird, muss keine Angst haben, wenn er auf einem Gepäckträger sitzt oder allein durch die Dunkelheit spaziert, und er braucht auch nicht die geringste Angst davor zu haben, verbotene Dinge zu tun.

Die Autobahn liegt verlassen da und glitzert in der Auffahrt im Schein der Straßenbeleuchtung. Danach wird es dunkel. Nur wenige Autos zischen an ihm vorbei. Er sieht die leuchtenden Augen schon von Weitem und drückt sich an die Leitplanke. Niemand bemerkt ihn, weil er die Reflektoren von seiner Jacke entfernt hat.

Er ist unsichtbar, weil er etwas machen will, das noch verbotener ist, als die Autobahn zu betreten.

Er will es trotzdem schön und sorgfältig erledigen. Auf keinen Fall wird er schlampig arbeiten. Wenn etwas lange bleiben soll, muss man sein Bestes geben. Die Straße verschwindet in der Dunkelheit, zwei Fahrspuren in jede Richtung.

Zu den Wäldern und Gruben im Norden und nach Stockholm im Süden. Er selbst wird hierbleiben.

Da ist sie. Die Brücke über die Autobahn. Er steigt ein Stück die Böschung hinauf, rutscht im Schnee wieder hinunter, kann sich jedoch festhalten.

Unter der Jacke klopft sein Herz. Er möchte etwas Verbotenes und Gefährliches machen, aber es ist nicht die Angst, die sein Herz so schnell schlagen lässt.

Das liegt daran, dass er noch lebt.

Er öffnet den Rucksack. Er legt die unbenutzten Sprühdosen auf die Erde und spannt unter der Jacke den Bizeps an.

Menschenkörper sind seltsam. Kurz bevor sie kaputtgehen, fühlen sie sich unbesiegbar an.

Er zieht die Handschuhe aus und saugt die Nachtluft ein.

Über ihm leuchtet eine Lampe, er atmet im Rhythmus der Nacht und hat keine Angst.

~~ETWAS TUN, DAS BLEIBT, WENN ICH NICHT MEHR DA BIN.~~

MARI NIMMT DEN Bus um halb acht mit den üblichen Fahrgästen um diese Uhrzeit und steigt vor dem Krankenhaus aus.

Im Flur kommt ihr Anita mit dem wichtigen Gesichtsausdruck entgegen. Beim Reden kräuselt sich ihre sommersprossige Nase.

»Sie haben ihn heute Nacht in die Notaufnahme eingeliefert. Andreas ist gerade nach oben gebracht worden, er liegt im Zimmer 9.«

Obwohl erst in einer Stunde Visite ist, rast sie an Anita vorbei zu Zimmer 9. Die gelbe Plastikzahl draußen an der Tür hängt schief.

Lautlos öffnet sie die Tür und wirft einen Blick ins Zimmer. Andreas schläft. Die Hand am Tropf hängt aus dem Bett.

»Jetzt muss Andreas bei uns bleiben«, sagt Mari.

Sie starrt auf die Münder von Jan und Elisabeth. Zwei dunkle Löcher in zusammengeschrumpften Gesichtern.

»Martin ist heute Nacht nicht nach Hause gekommen, und seine Freundin geht nicht ans Telefon. Er weiß nicht, dass wir hier sind!«

Maris Herz unter dem weißen Kittel klopft ungewöhnlich schnell. Sie fragt sich, ob man es hört. In ihren Fingerkuppen singt es: Er schläft in meinem Bett. Die rote Ölfarbe hat einen schwachen Schimmer auf der Hand hinterlassen, die sie jetzt auf die von Elisabeth legt. Trotz Seife und Desinfektionsmittel.

»Er kommt bestimmt bald.«

Ihre Clogs klappern laut, als sie durch den Flur zum Telefon eilt, um in ihrer Wohnung anzurufen. Während sie die Nummer wählt, sieht sie schlagartig die Hand mit dem Venenkatheter vor sich. Rot Schwarz Grün Gelb Blau.

Die Hand von Andreas war auch voller Farbe.

MARTINS RÜCKEN IST schweißnass, er windet sich im Netz, obwohl er weiß, wie vergebens der Versuch ist, sich loszureißen. Sie meinen es ernst, er sieht es ihnen an.

Er hat schon so lange nicht mehr von ihnen geträumt!

Er dachte, sie wären verschwunden. Er hat mit Andreas geredet und ist sogar ein bisschen nett zu ihm gewesen. Vielleicht ist er nicht der tollste große Bruder und beste Freund der Welt gewesen, aber welcher Bruder ist das schon?

Er hat nicht kapiert, dass sie die ganze Zeit nur auf ihre Rückkehr gewartet haben. Sie haben ihre Armee verstärkt und die Kampflieder geübt.

»Andreas hasst mich nicht!«, will er schreien. Doch seine Zunge klebt am Gaumen, und aus seinem Mund dringt nur ein Zischen.

Das ist die Strafe für seinen Größenwahn. Dafür, dass er sich für etwas Besonderes hält! Und er alle verachtet, die nicht so sind wie er, und ganz ehrlich, das tut er.

Deshalb sind sie zurückgekehrt.

Es hat nichts genützt, Andreas mit auf diese Fahrradtour zu nehmen, denn tief im Innern verachtet er ihn ja trotzdem, und außerdem ist es jetzt zu spät.

Jetzt halten sie das Netz über den Abgrund.

Der Hals steckt hinten in seiner Kehle fest.

Und jetzt, jetzt lassen sie los –

Das scharfe Signal zerreißt den Traum. Er setzt sich kerzengerade auf. Seine Beine haben sich im Bettbezug verheddert.

Das Telefon auf Maris Nachttisch schrillt erneut.

Herausfordernd. Als wenn er unbedingt rangehen sollte. Es ist ein altmodisches Telefon. Wie das in Omas Sommerhäuschen, als er klein war.

»Ja?«

Er presst sich den Hörer an die Wange.

»Nun ist er eingeliefert worden, Martin. Eure Eltern sind hier, es ist heute Nacht …«

Er wartet nicht, bis Mari den Satz beendet. Er lässt den Hörer auf den Boden fallen, wo er wie ein unförmiger Klumpen an der verdrehten Schnur hängt, zieht seine Jeans an, schnappt sich die Gitarre und knallt die Wohnungstür so fest zu, dass es im ganzen Treppenhaus zu hören ist.

Als er die Treppe hinunterrast, steckt ihm das Echo noch in den Beinen.

Am Strand bleibt er stehen, obwohl er es eilig hat. Hinter den Badestegen und den einzelnen Elementen des Pontons leuchtet das Eis in Weiß und Grau. Er setzt einen Fuß auf das Eis und drückt zu.

Die Eisschicht gibt ein wenig nach, aber sie trägt noch.

MARTIN NIMMT DEN Aufzug in die Abteilung für Kinder und Jugendliche. Zwei Krankenschwestern stehen neben ihm und mustern ihn von Kopf bis Fuß.

Sein zotteliges Haar, die zerknitterten Klamotten und die Gitarrenhülle passen nicht gut in einen Krankenhausfahrstuhl.

Sollen sie ihn doch anglotzen, wenn sie Lust dazu haben, ihm ist das scheißegal. Er dreht sich weg und betrachtet die Anzeige, die nun endlich beim richtigen Stockwerk angekommen ist.

An der Tür von Zimmer Nummer 9 stößt er mit einer rothaarigen Schwester zusammen, die einen Wagen voller Krankenhausutensilien vor sich herschiebt: Nadeln, Röhrchen, Thermometer, Desinfektionsmittel.

Ruckartig bleibt sie vor der Tür stehen. Der Wagen vor ihrem Bauch wirkt wie eine Barrikade. Auf ihrem Namensschild steht *Anita*. Sie wirft einen Blick auf seine Gitarre.

»Du willst hier doch wohl nicht spielen?«

Hinter ihr kann er den Tropf und das Eisenbett erkennen. Dort drinnen liegt Andreas. Hier draußen steht er. Schwester Anita ist das letzte Hindernis, das er bezwingen muss.

Plötzlich stehen Mama, Papa und Mari da. Mari sieht Anita starr an.

»Geh rein, Martin.« Sie legt ihm die Hand auf den Oberarm.

Anita brummt irgendetwas und verschwindet mit dem scheppernden Wagen.

Maris Hand auf seinem Arm. Man sieht ihr nichts an. Auch gestern Abend nicht. Es ist nur die sanfte und zugleich starke Hand einer Ärztin. Und er ist nur der Bruder des sterbenden Jungen in Zimmer Nummer 9.

Der nichts weiß.

Er könnte es niemals erzählen. Denn das Krankenhaus hat Andreas immer ganz allein gehört, und Mari hat hinter den traurigen Rücken der anderen nur für ihn gelächelt.

Und nun hat er Andreas auch das weggenommen.

Er will nicht daran denken.

Als er eintritt, versucht Mama, sich an ihm vorbeizudrängen, aber Mari steht im Weg. Und Papa nimmt Mamas Hand und zieht sie mit sich zum Fernsehzimmer.

Martin schließt die Tür und setzt sich auf die Bettkante. Andreas sieht ihn nicht an. Er starrt auf die Wanduhr. Seine roten schwarzen grünen gelben blauen Hände liegen reglos auf der Decke.

Martin stimmt seine Gitarre, schlägt ein paar Töne an, dreht ein wenig an den Schrauben. Dann sitzt er mit der Gitarre auf dem Schoß still da. Heute hat er Zeit.

Schließlich muss sich Andreas zu ihm umdrehen. Sodass Martin sein nasses Gesicht und seine ganze Erbärmlichkeit sieht.

Er hat doch gar keinen Grund zu weinen! Er weiß seit Ewigkeiten, dass er sterben wird. *Jetzt* zu weinen ist vollkommen sinnlos.

Er wischt sich mit dem Handrücken übers Gesicht. Die Hand riecht nach wie vor etwas chemisch von der Farbe.

Der Raum ist voller Geräusche. Das Ticken der Uhr,

Schritte vor der Tür und unten auf der Straße der Verkehr. Die Geräusche werden noch ertönen, wenn er sie nicht mehr hört. Alles wird weitergehen. Es wird Frühling und Sommer und Herbst werden, und die anderen aus seiner Klasse werden in die Oberstufe kommen.

Er hat sich für den naturwissenschaftlichen Zweig beworben, das hat er schon im Februar gemacht. Im Klassenbuch wird niemals der Name *Holme, Andreas* stehen, aber das wird niemanden kümmern, weil niemand weiß, wer *Holme, Andreas* ist.

Selbst er nicht. Er hatte keine Zeit, es herauszufinden.

Das Bett ist ziemlich schmal. Martins Beine drücken gegen seine. Zwischen ihnen befindet sich nur eine dünne Krankenhausdecke.

Er findet es nicht ungerecht, dass Martin auf der Decke sitzt, während er darunterliegt.

Es ist einfach so.

Das Lied dringt durch die weißen Wände der Abteilung für Kinder und Jugendliche und bis in die Räume mit den Akten, der Bettwäsche und den desinfizierten Utensilien.

Vielleicht ist es bis ins Fernsehzimmer zu hören, wo Mama und Papa vor den Nachrichten sitzen. Da der Ton abgeschaltet ist, sehen sie nur die Lippenbewegungen des Sprechers.

Mama und Papa sind jetzt allerdings nicht wichtig, sondern Andreas, der die Augen schließt und bei der schönsten Stelle sogar ein bisschen lächelt.

Im Hintergrund hört man Füße, die näher kommen, und die Stille, als die Füße vor der Tür stehen bleiben.

Der Augenblick ist so zart und so leicht zu zerstören. Es

würde schon reichen, wenn jetzt die Tür aufginge. Eine Schwester, die die Infusion wechseln oder Andreas' Temperatur messen will, Mama und Papa, die aus dem Fernsehraum zurückkommen, weil die Nachrichten vorbei sind. Irgendjemand, der nicht gesehen hat, dass im Flur lauter Metallschmetterlinge herumflattern. Oder jemand, dem das egal ist.

Das Zimmer ist schneeweiß. Die Helligkeit blendet. Hier versteckt man sich nur, wenn es keinen anderen Ausweg mehr gibt. Wenn alle anderen Verstecke schon belegt sind.

Andreas, weißt du noch, wie wir uns unter Stühlen, Sesseln, Wohnzimmertischen versteckt haben, als all die kleinen Höhlen für uns Raumschiffe waren und das Licht eine andere Farbe hatte als hier?

Martin lässt den Akkord im Raum schweben. Hauptsache, die Klinke geht nicht nach unten! Hauptsache, es schweifen nicht zwei suchende Radaraugen durch das Zimmer und machen alles kaputt!

Doch es passiert nichts. Außer, dass Andreas einen bunt gefleckten Finger hebt und seine Hand berührt.

»Sieh dir die Autobahnbrücke an.«

DER MORGEN, AN dem Andreas stirbt, ist kalt und schön. Es ist Anfang April, der Frühling ist nicht mehr aufzuhalten.

Martin, Mama, Papa und Oma sitzen ums Bett herum. Mari hat auch einen Moment hereingeschaut. Am liebsten hätte er sie angeschrien, sie solle bleiben, aber ihm war natürlich klar, dass das nicht ging.

Es ist schrecklich, mit jemandem allein zu sein, der gerade stirbt. So fühlte es sich an, als Mari das Zimmer verlassen hat. Als würde er allein mit Andreas bleiben. Mama und Papa und Oma sind gar nicht richtig da. Ihre Augen sind vollkommen leer.

Er ist nicht daran gewöhnt. Er hat noch nie jemanden sterben gesehen.

Er sucht in Andreas' geschlossenen Augen nach einem Zeichen. Irgendetwas, woran er erkennen kann, dass Andreas seine Anwesenheit bemerkt. Dass er nicht traurig ist, weil sie niemals die tollsten Brüder und besten Freunde der Welt geworden sind, und er nicht wütend auf Martin ist.

Doch in Andreas' Gesicht regt sich nichts.

Martin hat viel über den Moment gelesen, in dem jemand stirbt. Es gibt eine Menge Bücher und Filme und Lieder darüber.

Darin hat der Sterbende ein Lächeln auf den Lippen.

Darin sagt man dem Sterbenden Dinge, die man schon lange hätte sagen wollen.

Andreas lächelt nicht. Aber er sieht auch nicht ängstlich aus.

Martin weiß nicht, was er sagen soll. Also schweigt er. Er legt seine Hand auf die Bettdecke und spürt Andreas' Beine darunter.

Vor dem Fenster dämmert es gräulich. Ein Vogel gibt ein heiseres Kreischen von sich und hebt von einem First ab. Eine Schreimöwe?

LANGSAM GEHT MARTIN die Kellertreppe hinunter. Es knarrt eine Stufe, es knarrt die zweite, es knarren alle Stufen in dem dunklen Keller.

Er hebt die Gitarre aus der zerkratzten Hülle. Vor langer Zeit, er weiß nicht mehr, wann das war, hat er davon geträumt, sie würden die Welt im Sturm erobern. Sie würden zusammen auf großen Bühnen spielen.

Niemals! Der Traum von den großen Bühnen schmilzt im gefrorenen Licht der Glühbirne an der Decke. Er weiß nicht mehr, wie er darauf gekommen ist.

Andreas ist tot, und es gibt keine Metallschmetterlinge mehr. Es gibt nur noch einen alten Keller in einem Reihenhaus. Ganz in der Nähe einer Küste und einer Rinne, die sich still durchs Eis bricht.

Andreas ist tot, und in Martin muss auch etwas sterben.

Als er die Nylonsaite abreißt, schneidet sie in seine Handfläche. Nur eine. Das reicht, um eine Gitarre unschädlich zu machen. Unbrauchbar. Dann öffnet er den Kleiderschrank ganz rechts und versteckt das Instrument hinter alten Blaumännern und Werkzeug.

IM KIES VOR der Kirchentreppe bleibt Martin stehen. Warum soll Martin hineingehen? Andreas ist ja auch nicht in der Kirche.

Seine Eltern sollten den Gottesdienst mit einem Hip-Hop-Song sprengen, sie sollten die ganze Fassade in eine große Graffitiwand zum Andenken an Andreas verwandeln. Doch durch das Kirchportal dringen die gleichen alten Kirchenlieder wie bei Opas Beerdigung, und die Kirche ist noch genauso weiß wie damals.

Er war sich sicher, dass Mama ein Riesentheater machen würde. Weil er mit den Händen in den Taschen seiner schwarzen Jeans draußen stehen geblieben war. Aber sie hat nur kurz die Hand nach ihm ausgestreckt, als sie auf dem Weg zur Kirche an ihm vorbeikam. Und ihn mit den Fingerkuppen gestreift.

Hat sie bemerkt, dass Mari am Friedhofstor wartete? Und wenn ja, hat sie sich gefragt, was die Ärztin von Andreas hier machte? Vermutlich. Dennoch hat sie nichts gesagt, sondern nur Fingerspitzen auf Fingerspitzen gelegt. Dann ist sie mit ihren klappernden schwarzen Trauerschuhen die Treppe hinaufgegangen.

»HIER SOLL DAS Grab sein. Unter diesem Baum. Der Grabstein ist aus Granit, und es ist ein Vogel eingraviert.«

Martin ist in die Hocke gegangen und hat die Hände unter dem matschigen Vorjahreslaub vergraben. Vom Parkplatz sind Motorengeräusche und das Knirschen des Schotters unter den Reifen zu hören, als Mama und Papa in die Straße einbiegen.

»Das ist eine Kastanie«, sagt Mari.

Martin antwortet nicht. Unter dem Lehm und den modrigen Blättern leuchtet es weiß, er wirbelt immer mehr Laub auf und schiebt einen Haufen zusammen, auf dem man einen Grabstein errichten kann. In den ein Vogel eingraviert ist.

»Das, worüber wir geredet haben«, sagt Mari leise.

Er dreht sich abrupt zu ihr um.

»Ich will nirgendwo hingehen, ich will mit dir zusammen sein.«

Maris Augen haben einen seltsamen Schimmer. Sie schüttelt fast unmerklich den Kopf.

»Manchmal«, sagt sie, »begreift man selbst nicht, dass man dabei ist, kaputtzugehen, und man eine Reise in sich hat, die einen zerfrisst, wenn man sie nicht in die Tat umsetzt. Und«, fügt sie so leise hinzu, dass er es vielleicht gar nicht hören soll, »manchmal hat man Eltern, die auch nicht begreifen, was passieren wird, wenn man bleibt.«

So langsam wie möglich steht Martin auf und klopft sich Erde und Blätter von der Hose. Er zieht einen Zweig zu sich herunter und nimmt eine dicke, dunkle Kastanienknospe in die Hand. Sie pulsiert, als könnte sie jeden Moment explodieren.

Mari greift nach seiner anderen Hand. Flicht ihre Finger ineinander. Mitten in der Wärme, die durch seinen Körper strömt, erahnt er etwas, das ihre Wange hinunterrinnt.

Verwundert sieht er sie an.

»Weinst du?«

Sie antwortet nicht.

»Mari?«

Wieder schüttelt sie den Kopf. Sie kneift die Augen zusammen und blinzelt in den Himmel, der leer und blau ist.

»Nein. Das ist nur der Wind.«

MARTIN HAT DIE Seiten aus dem Fahrplan herausgerissen und mit auf die Reise genommen. Sorgfältig zu Papierflugzeugen gefaltet. Er hievt seine Tasche auf die Gepäckablage. Viele Sachen hat er nicht dabei, ein paar Klamotten und Bücher.

Es regnet in Strömen. Maris roter Trainingsanzug leuchtet auf dem Bahnsteig wie ein Stoppschild. Sie lächelt durchs Zugfenster. Er wird ihre Pinselfinger nie vergessen. Auch ihr Regenlächeln wird er nie vergessen.

Die Türen schließen sich. Der Zug ruckt einmal und setzt sich in Bewegung. Er zieht die Hände in die Jackenärmel und lehnt sich zurück. Seine Gedanken ertrinken in den Geräuschen des Zuges und der anderen Menschen.

Zu Hause im Reihenhaus sind Mama und Papa jetzt wahrscheinlich aufgewacht. Vielleicht sind sie vollauf damit beschäftigt, den Frühstückstisch zu decken. Butter, Käse und Marmelade. Andreas' Zimmertür ist weiß und geschlossen. Seine eigene steht einen Spalt offen. Falls sie sich fragen, wo er heute Nacht geschlafen hat, sagen sie es nicht.

Er wird anrufen, wenn er angekommen ist. In Stockholm, wo er die Fähre nehmen möchte. Er spürt keinen Hass in sich, wenn er an seine Eltern am Frühstückstisch denkt. Er hat nur verschwommene Bilder einer Familie im Kopf, die – tja – möglicherweise ziemlich normal war, nur dass er eben nicht dazugehörte.

Der Zug schiebt sich durch hellgrüne Baumkronen, hier

haben die Bäume schon ausgeschlagen, das gesamte südliche Norrland schimmert und leuchtet. Du solltest mal sehen, wie schön es hier ist, Andreas, denkt er. Vielleicht wie im Himmel?

Er steckt die Hand in die Jackentasche. Dort liegt etwas. Etwas Dünnes, Steifes. Eine Ewigkeit ist das her. Eine abgeschnittene D-Saite.

Er sollte sie endlich wegwerfen, sollte sie aus dem oberen Teil des Zugfensters fliegen lassen, den man zum Lüften aufklappen kann.

Aber seine Hand klammert sich so fest daran.

Dort liegt noch etwas. Es ist platt und leicht verbeult. Ein Foto von einem farbenprächtigen Graffito auf einer grauen Betonbrücke. Das kriegt kein Hochdruckreiniger jemals wieder weg.